기억
깨물기

Original Japanese book is titled "AMAI KIOKU".
Published by SHINCHOSHA Publishing Co., Ltd. Tokyo, in 2008

Bossanova © 2008 by Areno Inoue
Mizuumi no Seijin © 2008 by Rui Kodemari
Nidome no Mangetsu © 2008 by Hiiragi Nonaka
Kiseimai © 2008 by Toriko Yoshikawa
First appeared in Amai Kioku published in Japan in 1965 by SHINCHOSHA
Publishing Co.,Ltd., Tokyo.
Korean translation rights arranged with SHINCHOSHA Publishing Co., Ltd.
through Japan Foreign-Rights Centre / Shinwon Agency Co.

Osonatsu no Yûgure © 2008 by Kaori Ekuni
First appeared in Amai Kioku published in Japan in 2008 by SHINCHOSHA
Publishing Co., Ltd., Tokyo.
Korean translation rights arranged with SHINCHOSHA Publishing Co., Ltd.
through Japan Foreign-Rights Centre / Shinwon Agency Co.

Kin to Gin © 2011 by Hiromi Kawakami
All rights reserved.
Korean translation rights arranged with Hiromi Kawakami, Japan.
through The Sakai Agency / Shinwon Agency Co.

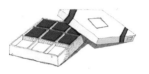

옮긴이 **양윤옥**

일본 문학 전문 번역가. 히라노 게이치로의 『일식』 번역으로 2005년 일본 고단
샤 노마 문예번역상을 수상했다. 대표적인 번역서는 무라카미 하루키의 『1Q84』,
『잠』, 『중국행 슬로보트』, 『이상한 도서관』, 아쿠타가와 류노스케의 『지옥변』, 오
쿠다 히데오의 『소문의 여자』, 히가시노 게이고의 『붉은 손가락』, 『유성의 인연』,
『나미야 잡화점의 기적』, 에쿠니 가오리의 『나의 작은 새』, 무라야마 유카의 『천사
의 알』, 『천사의 사다리』, 『견딜 수 없어지기 1초쯤 전에』 등이 있다.

기억 깨물기

펴 낸 날 | 2014년 7월 7일 초판 1쇄

지 은 이 | 이노우에 아레노
　　　　　에쿠니 가오리
　　　　　가와카미 히로미
　　　　　고데마리 루이
　　　　　노나카 히라기
　　　　　요시카와 도리코
옮 긴 이 | 양윤옥
펴 낸 이 | 이태권
책임편집 | 김주연
책임미술 | 이슬기
펴 낸 곳 | (주)태일소담
　　　　　서울시 성북구 성북동 178-2 (우)136-020
　　　　　전화 | 745-8566~7　팩스 | 747-3238
　　　　　e-mail | sodam@dreamsodam.co.kr
　　　　　등록번호 | 제2-42호(1979년 11월 14일)
　　　　　홈페이지 | www.dreamsodam.co.kr

ISBN 978-89-7381-100-7　03830
이 도서의 국립중앙도서관 출판시도서목록(CIP)은 서지정보유통지원시스템 홈페이지
(http://seoji.nl.go.kr)와 국가자료공동목록시스템(http://www.nl.go.kr/kolisnet)에서
이용하실 수 있습니다.(CIP제어번호: CIP2014019220)

기억
깨물기

이노우에 아레노   고데마리 루이
에쿠니 가오리   노나카 히라기
가와카미 히로미   요시카와 도리코

양윤옥 옮김

소담출판사

차례

이노우에 아레노

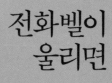

전화벨이
울리면

사랑하지 않는다는 건 알고 있었다.

나 역시 사랑 따위, 없다고 생각했다.

다만 자꾸 만나고 싶었다. 그래서 휴대전화는 심장이 되어
버렸다.

그날도 휴대전화가 울렸다. 열흘 만의 연락이었다. 전화를
끊자마자 나는 방금 벗었던 바지를 서둘러 주워 입었다. 탈의
실에 있었던 것이다.

"야, 너 뭐야, 연습 안 해?"

문에서 덜컥 마주친 친구의 목소리를 무시하고 수영장 건
물을 나섰다.

그 전화 때문에 연습을 땡땡이치는 게 이번 여름방학 들어

서만 벌써 두 번째다. 올가을 전국대회 출전 선수로 뽑힐 일
은 없을 것 같다.

흰색, 핑크색 꽃이 번갈아가며 흐드러지게 피어난 백일홍
가로수 길을 자전거로 내달렸다.

대학과 가장 가까운 역의 로터리에서 교코 씨는 기다리고
있었다.

전화에서 알려준 대로 오늘의 차는 흰색 코롤라. 지난번에
는 오렌지색 비츠였고, 그 전에는 스즈키 왜건R이었다. 매번
다른 렌터카를 타고 온다. 차종은 전혀 가리는 게 없어서 한
마디로 그때그때 가장 손쉽게 탈 수 있는 것으로 골라 오는
모양이었다.

자전거를 보관소에 밀어 넣고 코롤라 운전석 창문을 두드
리자 교코 씨는 말없이 내려서 재빨리 조수석으로 돌아갔다.
얼굴을 반쯤 가린 선글라스. 하얀 튜닉에 하얀 치마바지. 그
야말로 운전하기 힘들 것 같은 무시무시하게 굽 높은 하얀
샌들.

자리를 바꿔 내가 핸들을 잡았다. 뭔가 말을—와줘서 고맙
다든가 오늘도 덥다든가—해주기를 기다렸지만, 항상 그렇
듯이 교코 씨는 입을 꾹 다물고 있어서 별수 없이 늘 하던 대
로 내가 먼저 물었다.

　　　　　　　　　이노우에 아레노

"어디로?"

교코 씨는 작은 베이지색 핸드백을 딸칵 열더니 초콜릿 상자를 꺼내 은박지를 벗기고 한입에 던져 넣었다. 빨간 립스틱을 칠한 입술이 살짝 움직이고 그제야 겨우 말문이 트인 것처럼 갈라진 목소리로 대답했다.

"직진."

여성 보컬의 보사노바가 흘러나왔다.

휴대전화 호출음이다. 교코 씨에게서 온 게 아니라는 것을 알고 있을 때, 그것은 이상할 만큼 전혀 다른 소리로 들린다.

마침 정체로 서 있던 참이라 휴대전화를 받았다. 받지 않으면 두고두고 귀찮아지기 때문이다.

"와타루? 아, 다행이다. 있었구나?"

치구사의 달콤한 목소리가 들려왔다. 아양을 떠는 게 아니라 원래부터 목소리가 그렇다. 꿀처럼 혀 짧은 그 말투가 나는 그리 싫지는 않았다.

"오늘 도서관에 갔거든. 그래서 수영장에도 잠깐 들렀는데 네가 없어서 걱정했어. 물에 빠진 줄 알았다니까."

수영을 못하는 치구사로서는 단순한 농담이 아니라 진짜 걱정한 모양이었다. 나는 웃으며 대답했다.

"응, 지금 수영장 밑바닥."

"과외 중?"

킥킥거리고 웃으며 치구사가 물었다. 그래, 라는 대답은 일부러 목소리를 낮춰서, 과외 하러 온 집의 복도쯤에서 전화를 받는 척했다.

"갑작스럽게 가족끼리 여행 가기로 했단다. 그 전에 숙제를 끝내야 하니까 수업 좀 해달라는 거야. 진짜 자기네 사정만 생각하는 분들이라 나만 죽을 맛이다."

일주일에 한 번의 과외 아르바이트는 실제로는 여름이 시작되기 전에 그만뒀다. 교코 씨는 내가 필요할 땐 언제가 됐건 상관없이 연락하고, 그렇다고 수업 중에 휴대전화 전원을 꺼두는 건 도저히 못 하겠고, 애초에 그 맨션에 가는 것만으로도 머리가 돌아버릴 것 같았기 때문이다.

하지만 주위에는 아직도 과외를 계속하는 걸로 해뒀다. 그건 내가 돌발적으로 연습을 땡땡이치거나 강의를 빼먹을 때의 이유가—일단은—되어주곤 했다.

"물에 빠진 건 아니라서 다행이다. 미안해, 방해해서."

"아니, 전혀. 네 목소리 들으니까 좋아. 나중에 내가 다시 전화할게."

전화를 끊자 그때를 노린 듯이 차량 행렬이 움직이기 시작

했다. 나는 조수석을 슬쩍 훔쳐봤지만 교코 씨는 내가 전화한
것조차 모른다는 듯이 똑바로 앞만 보고 있었다.

"저기서 돌아."
교코 씨가 말했다.
"그다음 신호등에서 좌회전."
치구사의 목소리가 꿀 같다면 교코 씨의 목소리는 뭘까, 하
고 나는 생각해봤다. 소금, 아니면 모래? 까칠하게 말라버린
것이 연상되는 한편, 독한 술이나 매운 음식 같은 것, 아예 마
늘이나 산초山椒 같은 것, 혹은 내 입맛에 영 아닌 고수풀 같
은 게 떠오르기도 한다.
아니, 그런 게 아니잖아. 나는 스스로에게 말했다. 어물쩍
속이지 말라고. 가장 비슷한 건 섹스다. 섹스할 때의 목소리
가 아니라 섹스 그 자체. 벌써 몇 번이나 교코 씨와 함께 잤는
데도 교코 씨의 목소리는 나에게 아직 한 번도 경험한 적 없
는 섹스를 연상하게 했다.
"아, 저기서 우회전."
자칫 몸이 반응할 뻔해서 나는 꿈틀꿈틀 허리를 틀었다.
몇 살?
교코 씨는 그렇게 물었다. 그것이 그녀가 나를 향해 최초로

발한 목소리였다.

반년 전, 2월 초. 엘리베이터 안이었다. 교코 씨는 내가 어렸을 때 기르던 테리어와 꼭 닮은 색감의 니트 코트로 발목까지 감싸고 있었다. 우리 둘뿐이었다.

그곳은 내가 과외를 하러 다니던 맨션의 엘리베이터였다. 그때까지 두 번 교코 씨를 만났었다. 첫 번째는 역시 엘리베이터 안으로, 교코 씨는 남자와 함께 있었다. 나는 3층에서 내렸지만 두 사람은 위층으로 올라갔다. 두 번째는 내가 과외를 마치고 엘리베이터에서 내려서려던 참으로, 그때 집으로 돌아오던 교코 씨와 마주쳤다.

그런 식으로 내가 기억하고 있다는 것을 교코 씨도 알았던 것이리라. 그날, 문이 막 닫히려는 엘리베이터 안에 교코 씨가 총총걸음으로 들어섰다. 그리고 느닷없이 "몇 살?"이라고 물었다. 나는 얼버무리거나 둘러댈 여유도 없이 "열아홉"이라고 대답했다. 그나마 다행히 부루퉁한 말투로. 그랬더니 교코 씨는 "어머, 정확히 열두 살 차이네"라고 말했다. 그래서 나는 지금 그녀가 서른하나 아니면 서른둘이라는 것을 알고 있다.

그날, 나는 과외 약속을 어겼다. 3층에서 내리지 않고 그대로 교코 씨를 따라갔기 때문이다. 10층 그녀의 집에서 학생 집에 전화해 인플루엔자에 걸린 것 같으니 오늘은 쉬게 해달라고 거짓말을 했다(그 무렵, 인플루엔자가 한창 유행했기 때문에).

그때 교코 씨가 얘기하기 전부터 나는 그녀가 유부녀라는 것—전에 엘리베이터에 함께 탔던 남자가 남편이라는 것—을 알고 있었다. 그리고 그렇게 나를 유혹한 것은 뭔가 부탁할 게 있기 때문이라는 것도 나는 처음부터 알고 있었다.

두 시간여를 달려 차를 세운 곳은 미술관 앞이었다.

와본 적은 없지만 도쿄에서도 유명한 미술관으로 광대한 공원 안에 자리 잡고 있었다. 건물까지 이어지는 포장도로 중간에 지금은 〈만 레이 사진전〉 개최 중이라는 입간판이 세워져 있었다. 미술관과 인접한 넓은 주차장 한 귀퉁이에서 우리는 기다렸다.

언제든 우리는 기다린다. 마냥 기다린다. 목표 건물의 구조나 주차장 상황에 따라서는 차에서 내리는 일도 있지만, 그럴 때는 맞은편 커피점이나 건물의 처마 밑, 혹은 신호등 뒤에 기대선 채로 마냥 기다린다.

10분 안에 끝나는 일도 있고 한두 시간씩 기다리는 일도 있다. 왜 그래야 하는가 하면, 교코 씨의 남편이 그 건물 안에 들어갔다는 건 알고 있지만 언제 나올지는 알 도리가 없기 때문이다.

교코 씨가 자기 차를 두고 매번 다른 렌터카를 빌려 내게 운전대를 맡기는 것은, 감시한다는 것을 남편이 눈치채지 못하게 하려는 것으로 추측된다.

어쨌거나 날씨와 관계없이 그녀의 얼굴을 반쯤 가린 큼직한 선글라스며, 우리 두 사람의 어색한 조합이며, 이를테면 전봇대 뒤에서 두 시간씩 서 있는 것 등은 그것 자체로 이미 이상한 일이라서 분명 사람들의 시선을 끌었을 것이다. 하지만 교코 씨는 그런 건 전혀 감안하지 않는 눈치다. 혹은 감안은 하지만 묵살해버리는 건가. 간결하게 말하자면, 반쯤 머리가 돌아버린 것인지도 모른다. 하긴, 그렇게 따지자면 나도 마찬가지다.

뙤약볕 아래, 직사광선이 풍성하게 쏟아져 내리는 주차장에서, 엔진을 끄지 않고 계속 에어컨을 돌려봤자 차 안은 지글지글 달궈진다.

이건 딱히 기온 때문만은 아니라는 생각이 들었다. 하지만 어쨌거나 '아아, 이제 진짜 여름이구나' 하고 나는 새삼스럽게 생각했다. 교코 씨를 만난 게 겨울이었다는 건 기억나지만 어느 틈에 그 겨울이 끝나고 봄이 지나가고 여름이 시작되었는지, 도통 생각이 나질 않는다.

이노우에 아레노

교코 씨의 눈은 똑바로 미술관 입구를 지켜보고 있었다. 그 자세 그대로 손가락만 움직여 핸드백을 열고 초콜릿을 꺼내 입에 넣는다. 교코 씨는 얇은 정사각형 모양으로 하나하나 은박지에 포장된 초콜릿을 항상 핸드백에 넣고 다니지만 내게 권한 적은 한 번도 없다. 나는 항상 그렇듯이 그저 교코 씨가 입안에서 초콜릿을 녹여 먹는 모습을 훔쳐보았다.

주차장에는 띄엄띄엄 차가 서 있지만 미술관 주위는 한산했다. 차가 없는 사람들은 여기까지 오려면 역에서부터 걷고, 다시 광대한 공원 부지를 걸어와야 하니까 이런 지랄같이 무더운 날씨에는 찾아올 엄두도 내지 못할 것이다.

모던한 하얀 건물은 햇빛이 닿는 부분과 그늘진 부분이 또렷한 투톤으로 나뉘어, 그것 자체가 앤드루 와이어스(미국의 대표적인 사실주의 화가. 촌락을 배경으로 인간의 삶과 죽음을 다룬 인물화, 풍경화를 주로 그렸다—옮긴이)인지 누군지의 그림처럼 보여서 그 안에 사람이 있다는 게 잘 상상이 되지 않았다.

문득 충동이 몰려와 나는 교코 씨의 허벅지를 슬쩍 더듬었다. 치마바지의 얇은 천 너머로 다리 근육의 움직임을 느끼자마자 교코 씨는 난폭하게 내 손을 밀쳐내고, 그 순간만 내 얼굴을 똑바로 쳐다보며 말했다.

"하지 마."

우리는 그곳에 두 시간 남짓 있었다. 교코 씨의 남편이 미술관에서 나온 것은 오후 5시를 알리는 차임벨이 공원 안에 울려 퍼진 직후였다.

그는 티셔츠와 재킷에 면바지를 입은 가벼운 차림새였지만, 양복을 입은 두 남자와 동행하고 있었다. 세 사람은 담소를 나누며 주차장으로 걸어왔다. 나는 이제 황급히 목을 움츠리는 일도 없다. 이 비슷한 장면이 지금까지 수없이 있었지만, 마치 선글라스만 쓰고 있으면 투명인간이 된다는 듯이, 그게 아니면 남편에게 들키는 것을 바라기라도 하듯이, 교코 씨는 항상 오만하게 등을 꼿꼿이 세운 채, 다가오는 남편을 쏘아보고 있기 때문이다.

결국 지금까지 항상 그랬던 것처럼 아무도 이쪽을 쳐다보는 일 없이, 맞은편에 우리 차와 대각선으로 주차한 은색 벤츠의 문을 양복 차림의 남자가 열었고, 교코 씨의 남편이 뒷좌석에 올랐다.

벤츠는 곧바로 출발했지만 우리는 그 뒤를 쫓지 않았다. 언제나 여기까지인 것이다.

우리는 마냥 기다리고, 남편이 나오면 그걸로 끝.

나로서는 아직 끝이 아니지만 교코 씨에게는 틀림없이 그게 그날의 끝이었던 것이리라.

이노우에 아레노

교코 씨가 차에서 내려 운전석 창문을 두드렸다.

내가 냉큼 내리지 않아서 약간 짜증이 나 있었다. 그런 눈치를 챈 것은 교코 씨가 이미 선글라스를 벗고 있었기 때문이다. 남편이 시야에서 사라지면 교코 씨는 즉각 선글라스를 벗어 마치 불길한 물건이라도 되는 것처럼 핸드백에 쑤셔 넣는다.

나는 차에서 내려 조수석 쪽으로 돌아갔다. 여기서부터는 다시 교코 씨가 운전대를 잡는 것으로 정해져 있다. 일종의 규칙이지만 서로 상의를 했던 것은 아니고 교코 씨가 정한 것이다.

처음에 군이 교코 씨가 운전대를 잡는 것은 나를 얼른 보내버리기 위해서라고 생각했었다. 그게 아니라는 걸 알았을 때, 내가 운전하겠다고 제안했지만 교코 씨는 입을 굳게 다문 채 고개를 저었다.

교코 씨는 차를 흔들흔들 몰았다. 운전이 서투른 게 아니라 길을 찾아가면서 몰기 때문이다. 그녀가 찾는 것은 러브호텔. 전에 갔던 호텔이 근처에 있어도 그걸 알아차리지 못하고 새로, 무턱대고, 찾는다. 남편에 대한 추적이 끝나자마자 교코 씨의 지리 감각, 이라기보다 머릿속 자체가 반 이상 뭉텅 사라져버렸나 싶을 정도다. 그쪽이 아니라 이쪽 길이라고 생각하면서도 나는 참견하지 않는다. 마치 태어나 처음으로 연인을 따라 호텔에 가게 된 숫처녀처럼, 머리가 지끈거릴 만큼 가슴을 두근거리며 교코 씨가 호텔을 찾아내기를 지그시 기다린다.

그날은 큰길가의 호텔에 갔다. 그곳까지 찾아가는 데 시간이 걸려서 일을 마쳤을 때는 벌써 8시를 넘긴 시각이었다. 지금까지는 항상 해가 있는 사이에 헤어졌기 때문에 이런 시간까지 함께 있는 건 처음이었다.

"배고파서 죽을 거 같아요."

욕실에서 나온 교코 씨에게 나는 그렇게 투정을 부렸다. 나와 번갈아 샤워하러 들어갈 때는 벌거숭이였는데 벌써 완벽하게 치장을 끝내고 아무 일도 없었던 듯이 빨간 입술을 하고 있었다.

"점심도 못 먹고 나왔다고요. 고기 좀 먹읍시다, 고기."

실제로는 수영부에 가기 전에 밥을 먹어서 죽을 만큼 배가 고픈 건 아니었지만, 아무튼 나는 그렇게 말하면 어떻게 될지 알고 싶었다. 교코 씨의 남편을 감시하다가 호텔에서 섹스를 하는 것 말고 나는 그녀와 무엇을 할 수 있는지.

교코 씨는 미간을 찌푸리며 나를 쳐다보았지만, 이윽고 포기한 것인지 아니면 납득한 것인지 알 수 없는 표정으로 고개

이노우에 아레노

를 끄덕였다.

"난 식당을 잘 몰라. 네가 가고 싶은 데로 가자."

핸들은 역시 교코 씨가 잡았다. 실은 나도 연상의 여자를 데려갈 만한 식당 따위, 알지 못한다. 큰길로 나가 잠시 달리는 동안에 불고기집 간판이 보여 "저기, 어때요?"라고 손끝으로 가리키자 교코 씨는 별말 없이 차를 냉큼 그쪽에 대버렸다.

치구사나 수영부 친구들과 이따금 들락거리는 흔해빠진 체인점이었다. 별 볼 일 없는 평범한 식당이지만 칸막이로 구분해놓은 반 개인실 같은 자리에 교코 씨와 마주하고 앉자 맹렬히 배가 고팠다. 나는 줄줄이 주문했다.

"혀 소금구이 먹을래요?"

"먹고 싶으면 주문해."

교코 씨가 말했다.

"두부 샐러드도 먹을까요?"

"응, 먹고 싶으면."

"맥주 마셔도 돼요?"

"그래, 갈 때도 내가 운전할 거니까."

하지만 그렇게 해서 차례차례 나온 음식들은 결국 모두 나 혼자 처리하지 않으면 안 되었다. 아무리 권해도 교코 씨는 한 젓가락도 뜨지 않았기 때문이다.

"배고프지 않아."

내 표정을 보더니 교코 씨가 말을 바꾸었다.

"다이어트 중이야."

말도 안 돼, 라고 나는 말했다. 교코 씨에게 군살이 없다는 것은 옷 입은 모양새로도 알 수 있고 옷을 벗겨보면 더 잘 알 수 있다.

"정말이야. 남편이 빼빼 마른 여자를 좋아해."

하지만 교코 씨는 식사 그 자체를 포기하고 있었다. 고기를 철망에 얹어주지도 않았다. 나 혼자 묵묵히 고기를 구웠다. 혼자 먹으니 자꾸 타버리고, 그걸 억지로 입에 밀어 넣는 내 모습을 교코 씨는 등받이에 몸을 기댄 채 따분한 듯 쳐다보고 있었다. 나는 일찌감치 식욕이 사라져버렸다.

대량의 고기와 요리를 남긴 채 내 젓가락이 두 번 다시 움직이지 않는 것을 보자마자 교코 씨는 망설이는 기색도 없이 자리를 털고 일어났다.

"매우 즐거운 식사였죠?"

차에 탄 뒤에 나는 미움을 듬뿍 담아서 말해주었다.

"응, 그래."

교코 씨는 기계적으로 고개를 끄덕이더니 핸드백에서 초콜

이노우에 아레노

릿을 하나 꺼내 입에 넣었다.

나는 치구사의 입술을 보았다.

핑크색 립글로스와 고기 기름이 범벅이 되어 반들반들하다.

철망 위의 잘 구워진 고기를 내 접시에 얹어주고 그 옆의 고기는 자기 접시로 가져갔다. 레몬즙에 살짝 적셔 입에 쏙 넣는다. 힘차게 씹어 굴리더니 환하게 웃는 얼굴로 나를 보았다.

"안창살이라는 거, 처음 먹어봤는데 진짜 맛있다."

"그럼 한 접시 더 먹을까?"

"좋지, 좋지."

자기가 한 말을 자기가 재미있어하면서 꺄꺄꺄 웃는다. 치구사는 대체로 항상 기분이 좋지만 오늘은 특히 더 좋아 보였다. 요즘 들어 데이트라고 해봐야 내 원룸에서 뒹굴뒹굴하거나 기껏 영화를 보러 가는 정도지만 오늘은 미술관에도 데려갔으니까.

"뭔가 오늘은 청춘, 이라는 느낌이다, 그치?"

두 접시째의 안창살과 다시 추가한 갈빗살을 점원에게서 받아 들고 비좁아진 테이블 위를 정리하며 치구사가 말했다.

"이런 한여름에 미술관에서 만 레이 전시회를 보고 그다음에는 고기를 구워 먹다니, 우리 진짜 젊은 거지?"

나는 고개를 끄덕이며 마침맞게 구워진 고기를 치구사의 접시에 얹어주었다.

"사랑해."

눈을 지그시 바라보며 속삭이자 치구사는 수줍어했다.

"칫, 그게 고기 먹으면서 할 말이야?"

"너는 좋아해? 나."

"진짜 좋아하지."

치지직 연기를 피워 올리는 숯불 너머로 우리는 잽싸게 키스를 했다.

불고기집에서 나와 치구사를 러브호텔로 데려갔다.

처음에 치구사는 적잖이 불안한 기색이었다. 물론 우리는 오래전부터 섹스하는 사이였지만 그건 주로 내 방이나 치구사의 방이었고, 불고기집은 그렇다 쳐도 잘 알지도 못하는 동네의 러브호텔에 망설임 없이 직행했으니 치구사가 의심을 하는 것도 당연한 일이었다.

교코 씨와 갔던 호텔에 치구사를 데려가는 것에 어떤 의미가 있는지, 나 스스로도 잘 알 수 없어서 그냥 머릿속에 떠오르는 대로 거짓말을 내뱉었다.

"사전 리서치를 좀 했지. 기왕이면 제대로 청춘을 누려보고 싶어서."

치구사의 몸은 교코 씨보다 훨씬 군살이 많은 편이다.

하지만 탱탱한 탄력이 있다. 만지면 분명하게 손에 잡히는 느낌으로 나를 안심시킨다.

교코 씨의 몸은 부드럽다. 군살이라고는 거의 없는데도 단단히 움켜쥘 수가 없었다. 내 마음대로 어떤 모양이든 되는데, 그게 내 손가락 사이로 스르르 빠져나간다.

나는 치구사의 몸을 뒤집어 모든 것이 제자리에 있음을 다시금 확인했다.

어깨의 곡선. 허리의 오목함. 엉덩이의 둥그스름함.

교코 씨가 남편을 위해 다이어트를 한다는 게 정말일까.

분명 거짓말이라고 나는 생각했다. 교코 씨 스스로 모래가 바람에 휘날리듯이 이 세상에서 사라져버리고 싶은 것처럼 보였다. 초콜릿으로 가까스로 이쪽 편에 매달린 채.

치구사는 침대에서 내려서자 냉장고로 돌진해 캔 콜라를 꺼내 왔다. 도중에 바닥에 떨어진 내 티셔츠를 주워 시늉만으로 대충 앞을 가리고 인왕상仁王像(불탑이나 불상, 또는 사찰이나 불전의 문 등을 지키는 불교의 수호신—옮긴이)처럼 버티고 서서 콜라를 꿀꺽꿀꺽 마셨다. 나는 그 모습을 보며 말했다.

"앞으로 좀 더 자주 만났으면 좋겠다."

"나도 좀 더 만나고 싶지. 근데 네가 시간이……"

치구사는 캔을 내게 건네며 당황스러운 표정을 지었다.

"과외는 관둘 거야. 수영부 연습 시간은 줄일 수 없지만 앞으로 그거하고 치구사, 딱 두 가지에만 집중하려고. 그런 거, 어때?"

"그런 거…… 나야 좋지, 진짜."

치구사가 쓰러지듯이 내 품에 안겼다. 하지만 그 몸짓은 어딘지 어색했다. 그건 분명 내 말투가 어색했기 때문일 것이다.

나는 치구사의 몸을 덮쳐 우리 사이에 있는 것을 찌부러뜨렸다.

마구잡이로 헤엄을 쳤다.

휘저어도 휘저어도 물을 포착할 수 없다. 마음먹은 대로 나아가지 않는다. 벌써 몇만 킬로미터를 허우적거린 듯한 느낌으로 겨우겨우 50미터 코스의 끝까지 갔다.

코치가 다가오는 게 보였다. 뭔가 잔소리를 하기 전에 나는 반환점을 박차고 다시 물속으로 몸을 던졌다. 물은 교코 씨와 비슷하다고 생각했다. 그렇다, 모래보다 물 쪽이 더 비슷하다. 물은 나를 감싼다. 물은 나를 뒤덮는다. 나는 흠씬 젖어 지쳐 버리고 물에는 아무 영향도 끼칠 수 없다.

이노우에 아레노

휴대전화를 바꾸기로 마음먹었다.

연습이 끝나는 대로 휴대전화 대리점에 가서 최신 기종으로 구입하고 이참에 번호도 바꿔버리자. 치구사에게는 잃어버렸다든가 부서졌다든가, 적당히 둘러대면 된다.

그렇게 생각하자 한시라도 빨리 그렇게 하지 않으면 안 될 것 같아서 연습을 하다 말고 수영장을 뛰쳐나왔다. 코치도 다른 부원들도 어이없다는 얼굴로 바라볼 뿐, 이제는 잔소리도 하지 않는다.

탈의실 로커의 문을 열려는데 안에서 보사노바 음악이 들려왔다. 나는 문을 때려 부술 듯이 열고 굶주린 개처럼 휴대전화에 덤벼들었다.

"지금 바로 와."

교코 씨의 목소리가 내 귓속을 파고들었다.

"부탁이야, 지금 바로."

차는 빨간색 마치였다.

교코 씨는 뭔가 서두르고 있었다.

철로 건널목에서 신호에 걸렸을 때, 나는 교코 씨의 혀 차는 소리를 처음으로 들었다.

"저기서 우회전."

민소매의 베이지색 마 원피스에서 그대로 드러난 팔이 너무도 가늘었다.

"그다음에서 좌회전. 좀 더 빨리 달릴 수 없어?"

액세서리를 하나도 달지 않아서 일순 나체처럼 보였다. 립스틱도 오늘은 바르지 않았다. 창백한 입술. 그 대신 샌들이 빨간색이었다. 눈에 띄지만 옷과는 어울리지 않는다. 벗겨져 가는 페디큐어.

운전기사, 관두겠습니다. 오늘로 끝입니다. 이제 전화하지 마세요.

몇 마디 말이 내 목구멍 안에 있었고, 그 탓에 유난히 목이 말라서 나는 쉴 새 없이 침을 삼켰다. 그중 어떤 말도 하지 못한 채 목적지에 도착했다.

큰길에서 한 블록 들어간 한적한 주택가였다. 이른바 '디자이너스 맨션'이라는 곳이다. 온통 콘크리트로 둘러싸인 세련된 3층 건물 앞. 교코 씨가 하라는 대로 맨션의 반지하 주차장에 차를 세웠다. 정확히 낮 12시. 맨션 규모로 보자면 지나치게 넓은 주차장은 휑하니 비어 있었다.

맨션 입주자의 차가 들어와도 자리만 겹치지 않으면 언제까지라도 기다릴 수 있을 것이다.

오늘은 또 여기서 얼마나 진을 치고 있어야 하는가. 한 시간이든 30분이든 이제 이런 짓은 진짜 못 하겠다고 생각했지만, 그렇다고 뭘 어떻게 해볼 수도 없었다. 지금까지 매번 그랬던 것처럼.

문득 고함을 지르고 싶었다. 고함을 지르거나 아니면 여기서 교코 씨를 덮쳐 엉망진창을 만들거나. 이제 그 둘 중 한가지밖에 없다고 생각하면서 교코 씨를 돌아본 순간, 하얀 BMW가 미끄러져 들어왔다.

BMW는 우리 앞을 지나 안쪽 깊숙한 공간으로 들어갔다. 교코 씨가 바짝 긴장하는 기척이 느껴졌다. 처음에는 맨션 입주자에게 낯선 차가 왜 여기 와 있느냐고 혼날까 봐 그러는 줄 알았다.

차에서 먼저 내린 것은 여자였다. 나보다 조금 나이가 많은, 어쩌면 동갑 정도의, 덩굴처럼 팔다리가 긴 여자였다. 세련된 스타일을 강조하려는 듯 사타구니가 내다보일 만큼 짧은 바지에 탱크톱 차림으로 차에 기대서서 담배에 불을 붙이고 있었다.

그리고 교코 씨의 남편이 내렸다. 오늘은 양복 차림에 넥타이까지 매고 있어서 두 사람의 조합은 왠지 기묘하게 보였다. 남편은 뒷좌석 문을 열고 와인 병이며 셀러리 잎이 삐죽이 얼굴을 내민 쇼핑 봉투를 몇 개나 차에서 내렸다.

그의 목소리가 들렸다.

"가자."

크지 않고 오히려 속삭이는 듯한 음성이었지만 그 소리는 소나기의 첫 한 방울처럼 주차장 안에 울려 퍼졌다. 여자가 깡충깡충 뛰는 걸음으로 교코 씨의 남편 옆으로 가서 그의 두 손에 든 쇼핑 봉투를 가리키며 뭔가 말했고, 두 사람은 함께 웃었다.

여자가 남자의 팔에 자신의 팔을 끼더니 이윽고 우리의 시야 밖으로 사라졌다. 안쪽에 맨션 안으로 통하는 계단이나 엘리베이터가 있는 것이리라.

교코 씨가 핸드백을 열었다.

나는 분명 초콜릿을 꺼낼 것이라고 생각했다. 그 몸짓은 나에게 그녀를 쳐다보는 걸 허락하는 일종의 신호와도 같았기 때문에 나는 그렇게 했다.

교코 씨는 울고 있었다. 손에 든 것은 초콜릿이 아니라 손수건이었다. 선글라스를 쓴 채 소리도 없이 눈물을 흘리고 있었다. 뺨에서 턱을 타고 가슴팍에 떨어지는 눈물을 교코 씨는 손수건으로 찍어냈다. 무릎 위에서 핸드백이 툭 떨어졌다.

나는 핸드백을 집어 들었다. 잠금장치가 열려 초콜릿 상자가 빠져나왔다. 한 개를 꺼내 은박지를 벗겼다. 약간 녹아버린 초콜릿이 손가락에 달라붙었다.

　나는 그것을 교코 씨의 입술 사이에 밀어 넣었다.

　한 개.

　또 한 개.

● 에쿠니 가오리

늦여름 해 질 녘

비가 바다 위를 때리는 소리, 젖은 모래가 발가락 사이를 어루만지는 감촉, 파도와 비를 모두 거쳐 온 뒤에도 여전히 따스했던 남자의 몸—.

자꾸 생각이 나서 시나는 불안에 휩싸였다. 여행에서 돌아와 한 달이 지났는데 기억은 세세한 부분까지 선명하고 생생했다.

나는 이 세상에서 분리되어버렸다.

벌써 백 번도 넘게 생각한 것을 시나는 다시 생각했다. 일요일. 창을 닫아걸고 에어컨을 켜서 방 안은 시원하다. 주말을 이용해 읽으려고 가져온 자료는 손도 대지 않은 채 테이블 위에 던져놓았다. 한쪽 구석에 놓인 지구본과 천구본(남자가 준 선물)에는 시트를 씌웠고, 그래서 그것은 우스꽝스러운 오브제처럼 보였다. 혹은 숨바꼭질을 하는 어린애처럼. 이 방에서 남자와 직접적으로 연결되는 물건들이 눈에 띄는 게 시나는 지독히 싫었다.

그렇긴 해도 그 여행은―. 시나도 떨떠름하게 인정하지 않을 수 없었다. 그렇긴 해도 그 여행은 감미로웠어, 라고.

비구름은 무서울 만큼 빠른 속도로 이동했다. 어차피 빗물에 젖을 테니 수영이나 하자고 제안한 것은 남자 쪽이었고 시나도 이의는 없었다.

하지만 막상 바다에 들어가니 파도가 거친 데다 너무 세찬 빗발에 시야가 흐려져 속눈썹이며 뺨이며 온 얼굴에 빗물이 흘렀다. 빗소리가 강해서 바로 옆에 있는 사람의 기척조차 느껴지지 않았다. 시나는 혼자 회색빛 바다 한복판에 와 있는 것 같았다.

갑작스럽게 남자가 등 뒤에서 덮쳤다. 깜짝 놀라기도 했고, 팔다리를 에워싸는 바람에 하마터면 물에 빠질 뻔했다.

그래도 시나의 입에서 흘러나온 것은 웃음소리였다. 몸을 빙 돌려 거의 선 채로 헤엄치면서 남자의 시선을 받아들였다. 무언의 뜨거운 파도를, 그리고 입술을.

모래사장으로 올라오자 지붕 있는 곳까지 가는 시간도 아까워 파도가 밀려드는 모래 위에서 목에 팔을 휘감고 다시 키스를 했다. 남자의 몸은 따뜻하고 입술 또한 따스했다. 시나는 살갗도 입술도 차갑게 식어 팔뚝이며 가슴팍에 소름까지 돋았는데.

비는 더 이상 신경 쓰이지 않았다. 이렇게 부둥켜안고 있으면 비는 두 사람의 바깥쪽을 그냥 지나가버릴 것 같았다.

빗물이 닿지 않는 곳에 놓아둔 큼직한 타월로 몸을 닦고 옷을 입었다. 처마 밑에서 담배를 피우는 남자의 얼굴을 본 순간, 시나는 불안했다. 이 순간이 과거가 되는 것을 미처 받아들이지 못했는데, 그걸 어떻게도 붙잡을 방법이 없었다. 시간이 자신을 버려두고 휙휙 가버리는 것 같았다.

"배고프지."

남자가 말했다. 오후 1시. 호텔로 돌아가 늦은 점심을 먹기에 좋은 시간이었다.

그건 순수한 욕망이었다고, 이제는 시나도 알고 있다. 맹렬한, 하지만 순수한 욕망이었다.

"이타루 씨를 먹고 싶어."

말 그대로의 뜻으로 대답했다. 남자는 어라, 하는 표정이었다.

"아니, 그런 거 아니야."

당황해서 시나는 설명했다.

"침대로 청하는 것도 아니고 키스해달라는 것도 아냐. 실제로 당신을 먹어서 소화시키고 싶단 얘기."

스스로 한 말에 흠칫 놀랐다. 무서운 소리를 덜컥 내뱉었다는 마음과 그것을 어떻게든 전하고 싶은 마음이 동시에 있었다.

"당신을 먹으면 당신은 내 일부가 되잖아? 그러면 항상 함께 있을 수 있으니까 세상 무서울 게 하나도 없을 것 같아."

남자는 놀라지 않았다. 담배 연기가 매웠는지 눈을 가늘게 뜨고 시나를 보고 있었다.

"응."

응, 그런 얘기구나, 라는 듯 간단히 대답하고 담배를 휴대용 재떨이에 비벼 끄더니 호주머니에서 빨갛고 작은 것을 꺼냈다. 그것이 무엇인지 시나는 알고 있었다. 접이식 포켓나이프. 노점에서 산 복숭아를 깎아준 적도 있고 급한 대로 사서 입은 카디건의 태그를 잘라준 적도 있었다. 코르크 따개도 달려 있어서 참 편리하겠다고 생각했었다.

처마 밑에 선 채 방금 전에 담뱃불을 붙이던 것과 똑같은 무심한 동작으로 남자는 자신의 왼손 피부를 얇게 얇게 벗겨냈다. 엄지손가락 옆에서 손목 방향으로.

그러지 말라고 시나는 말하지 않았다. 주인이 주는 먹이를 기다리는 개처럼 숨을 죽이고 지그시 기다렸다. 공작 놀이에 빠진 소년처럼 자신의 손가락 끝에 집중하는 남자를 응시하면서.

한이 없다고 생각될 만큼 시간을 들여 남자는 천천히 그것을 벗겨냈다. 반투명한 얇은 피부. 방금 전까지 남자 몸의 일부였던 것.

"와아."

절로 탄성이 터졌다. 시나 스스로도 놀랐을 만큼 그 목소리는 통통 튀듯 신이 나 있었다. 좋은 것, 재미있는 것, 맛있는 것을 보았을 때 어린아이가 문득 표정이 환해지면서 내는 듯한 소리.

허공에 대롱거리는 모양새로 남자는 그것을 내밀었다. 자신에게 내밀어진 그대로 시나는 입을 벌려 받아먹었다.

예상 밖으로 메마른 감촉이었다. 그리 큰 것도 아니었는데 깨물어도 녹지 않고 씹어보니 약간 짭조름한 맛이 났다. 바다의 풍미.

시나는 삼키기 아깝다고 생각했다. 생각은 했지만, 삼켰다. 그리고 빙긋 웃었다.

"먹어버렸다."

행복한 기분으로 말하자 남자는 눈부신 것이라도 보듯이 시나를 바라보았다.

그래서—.

시나는 생각했다. 그래서 내 몸의 일부는 이타루 씨, 라고.

떠올리는 것만으로도 행복에 짓눌릴 것 같아서 슬리퍼를 신은 발을 의미도 없이 차올렸다. 혼자 살기 시작한 지 4년째, 작지만 햇빛이 잘 들어 마음에 쏙 드는 원룸 한구석에서.

자랑스럽고 흐뭇하다. 어떤 종류의 먹을 것은 마음을 강하게 만들어준다.

하지만 동시에 시나는 두렵기도 했다. 한 남자에게 이렇게까지 깊이 빠져든 자신이.

대체 언제부터 이렇게 됐을까.

세탁 건조기가 멈추고 종료를 알리는 부저가 울렸다.

아마 이 세상 어느 누구도 모를 것이다.

뜨거울 만큼 포근하고 따뜻한 빨래를 개키며 시나는 생각했다. 아버지 어머니도, 서로 무엇이든 털어놓는 여동생도, 직장 동료도, 학창 시절의 친구들도, 분명 믿지 않을 것이다. 시나가 누군가를 이런 식으로 좋아하고, 그 남자를 위해서라면

에쿠니 가오리

무엇이든 할 수 있다고 생각하며, 그러기 위해 이 세계에서 분리되어버렸다는 것을.

하시모토 시나는 어려서부터 '세상만사 슬로모션(시나 아버지의 말이다)'이었다. 낯가림도 심해서 밖에 나가기보다 집 안에 있기를 더 좋아했다. 무엇보다 미지의 것이나 낯선 사람들을 알고 싶다는 열의 같은 게 없었다. 세상 어떤 것에도 진심으로 매달리지를 못하는 것이다.

어른이 되어서도 그건 달라지지 않아서, 처음 남자와 데이트한 게 열아홉 살 때였지만 몇 번 만나는 사이에 어쩐지 시들해져 잘 만나지도 않고 그뿐, 어느새 그 사람에 대해서는 잊어버렸다.

연인이라고 할 만한 사람이 처음 생긴 것은 취직을 한 다음이었다. 하지만 그때도 데이트에 육체적인 것이 더해졌을 뿐, 기본적으로는 열아홉 살 때와 똑같았다. 문득 시들해져버리는 것이다.

담백함. 냉정함. 마이페이스.

지금도 시나는 그것을 쾌적한 삶의 열쇠라고 생각한다.

친한 친구들 중에는 그런 시나를 소극적이다 신중하다 겁이 많다는 식으로(아마 질타와 격려를 해줄 마음으로) 표현하는 이들도 있다. 하지만 시나는 자신이 소극적이거나 신중

하거나 겁이 많은 게 아니라 그저 귀찮아할 뿐이라는 것을 알고 있었다.

누군가 마음속에 깃들어버리면 온갖 걱정으로 머리를 어지럽히지 않으면 안 된다.

다행스럽다고 할까, 누군가 좋다고 다가온 사람도 없고, 그렇다고 고민스러울 만큼 남자와 전혀 인연이 없는 것도 아니었기 때문에(열아홉 살 때 데이트도 해봤고, 연인과 육체관계를 맺은 적도 있으니까) 평온하게 하루하루를 보내며 임대료와 생활비, 그리고 가끔 영화를 보는 유흥비 정도는 스스로 벌어들일 수 있게 된 참이었다.

그랬는데.

개킨 빨래를 모두 마땅한 서랍이며 선반에 챙겨 넣고 시나는 한숨을 내쉬었다.

그랬는데 일이 이렇게 되어버렸다.

여행에서 돌아온 뒤에도 시나와 남자는 자주 만났다. 어제도 함께 식사를 하고 그다음에 이 방에 와서 성교했다. 남자는 자고 가겠다고 했지만 거절한 것은 시나였다. 지구본이라면 시트를 씌우면 되지만 남자 그 자체에 시트를 씌울 수는 없으니까.

함께 여행한 것은 처음이었다. 남자와는 사귀기 시작한 지

에쿠니 가오리

아직 반년밖에 안 된다. 그런데도 시나는 순수한 욕망에 따라 남자를 먹어버렸다.

남자의 엄지손가락 갈라진 틈에서 살짝 피가 돋았다.
"금세 재생될 거야."
타월로 꼭 누르고 남자는 그렇게 말하며 웃었다.
"세포는 매일매일 다시 태어나니까."
하지만—, 이라고 시나는 생각했다. 하지만 이건 명백히 부상이고 결손된 그 부분은 내 몸속에 들어간 것이다, 라고.

한 우산을 들고 시나와 남자는 모래사장을 걸어 호텔로 돌아왔다. 빗발은 약해졌지만 바람이 불어서 시나는 머리칼까지 온몸이 써늘해졌다. 팔짱을 끼자 남자의 몸은 여전히 따스하고 흔들림이 없었다.

뜨거운 물에 샤워하고 결국 침대를 경유해서 점심을 먹으러 아래층으로 내려갔다. 점심을 먹기에는 늦은 시간이었지만 레스토랑은 열려 있었다. 게다가 창문도 열려 있어서 비에 젖은 치자나무 꽃의 어딘지 우울하고 달콤한 냄새가 흘러들었다. 깜짝 놀랄 만큼 진하게.

식사를 마치고 방으로 돌아와 다시 침대에 함께 누웠다. 시나는 천장을 바라보았다. 안쪽도 바깥쪽도 온몸이 남자로 가득한 채, 처음으로 자신의 감정이 무섭다고 생각했다.

　시나는 '나만의 성城'으로 삼은 원룸을 바라보았다. 크림색
의 투박한 커튼. 집에서 실어 온 책장. 스트라이프(하얀 바탕
에 갈색) 무늬의 소파와 시모키타자와의 골동품 가게에서 싸
게 구입한 1945년대의 티 테이블. 그런 것 모두가 어쩐지 아
무래도 상관없는 것으로 여겨졌다. 지금까지 소중하게 생각
해온 것, 특별하다고 생각해온 것들이 이렇게 퇴색해버리는
건 대체 뭔가.

　시나는 남자의 얼굴을 떠올렸다. 남자의 목소리를, 눈을,
뭔가 가벼운 농담을 한 뒤의 웃음을. 그리고 생각했다. 그가
없으면 이 세상은 얼마나 따분하게 보일까.

　오후 5시. 쇼핑을 다녀오지 않으면 저녁 먹을 게 아무것도
없다. 세제도 조금 전에 다 떨어졌고 쓰레기봉투도 남은 게
얼마 없다. 국물용 다시마도. 시나는 한숨을 내쉬었다. 귀찮더
라도 현실의 일상에 대처하지 않으면 안 된다.

　선크림을 바르고 거울 앞에서 간단히 화장하는 동안에도
시나는 현실감이 희박했다. 왜 화장을 하는지 모르겠다. 무엇
을 하든 연극을 하는 것만 같다.

　이곳에 이타루 씨는 없는데―.

암담한 기분으로 시나는 생각했다.

이곳에 이타루 씨는 없는데 자신은 항상 이타루 씨의 시선을 의식한다. 그가 지켜본다 여기고 행동하고 있다.

그것은 달콤하기는 하지만 너무도 무서운 일이었다.

짜증이 머리를 스쳤다. 이런 건 이상해, 라고 생각했다. 눈곱만큼도 나답지 않아. 시나에게 고독은 자부심이었다. 아주 어린 아이였을 때부터 줄곧.

밖은 대기 중에 아직 환한 기운이 남아 있었다. 저녁 바람이 불어도 후덥지근해서 하루 종일 에어컨이 켜진 실내에 있었던 시나의 살갗은 습기를 미처 받아들이지 못해 당황하고 있었다. 아직 땀 흘릴 준비가 되지 않았다고 살갗의 표면이 허둥거리는 게 느껴졌다.

"아, 숨 막혀."

소리 내어 말해보았다. 대기는 아직 환하지만 저 먼 하늘에는 비구름이 일어 소나기가 곧 쏟아질 듯한 기척이다.

원룸 앞의 포장도로를 걸어가다가 금세 발을 멈췄다. 20여 미터 앞의 새로 지은 집 앞에 여자애가 혼자 서 있었다.

초등학교에 갓 입학한 아이보다 약간 컸다. 여덟 살쯤일까. 시나의 눈에는 그 정도로 보였다. 산뜻한 무명 원피스, 양말 없이 맨발로 운동화를 신고 있다. 아주 짧은 머리. 빼빼 마르고 살짝 햇볕에 탔다. 담장에 기대서 시나에게 옆얼굴을 내보이는 모양새로 여자애는 그냥 서 있었다.

그립다, 라고 시나는 생각했다. '뭐 하는 걸까'도 아니고, '저 새집에 이사 온 아이인가'도 아니고, 그립다. 그게 시나가 생각한 것이었다.

닮은 것은 아니었다. 어렸을 때 시나는 늘 머리가 길었고, 대문 밖에서 노는 일이 거의 없었기 때문에 하얀 피부를 하고 있었다.

그래도―.

늦여름 저녁노을 아래 저런 식으로 집 밖에, 딱히 뭘 한다는 것도 없이 서 있을 때의 기분은 기억이 났다.

예전에 분명 저런 식으로 서 있었던 적이 있다.

시나는 자그마한 아이였지만, 몸의 크기와는 아무 관계 없이, 자신의 무게를 미처 감당하지 못했다. 무게―. 하지만 그것은 나비 같은 무게였다. 푸르스름한 대기에 금세 녹아버릴 듯 가벼운. 하지만 분명하게 무게라고밖에는 말할 도리가 없는 것이었다. 자신이 세계에 진짜로 존재한다, 라는 것에 아직 익숙하지 않았다. 그 얼마 전까지는 몸무게 따위 갖고 있지 않았으니까.

"뭐 하니?"라고 지나가던 어른이 말을 건네도 대답할 수 없

에쿠니 가오리

었던 것을 시나는 기억하고 있다. 딱히 뭔가를 하는 것도 아니고, 하지만 따분한 것도 아니고, 온몸으로 그냥 존재하고 있었다.

팔과 다리에 그 감각이 생생하게 되살아나 시나는 놀라웠다. 늦여름 해 질 녘의 이 색채, 이 냄새.

금붕어 그림이 인쇄된 물뿌리개가 생각났다. 마음에 들었던 그림책이, 러닝셔츠 차림의 할아버지가, 당시 살았던 집 안이, '니(に)'가 '닌교(にんぎょう. 인형)', '타(た)'가 '타코아게(たこあげ. 연날리기)'였던 히라가나 학습용 목제 장난감이, 비눗방울 만드는 데 썼던 식기용 세제의 색깔이며 냄새가. 연인도 친구도 없이, 그런 걸 갖고 싶다고 생각한 적도 없이, 그곳에 분명하게 존재했던 자신이.

이제 한 시간만 지나면 주택가의 공기는 집집마다 부엌이며 욕실에서 흘러나온 소리와 냄새로 잠식될 것이다. 생활의 기척으로. 하지만 지금은 자연계의 방종의 시간이다. 비구름과 한낮 햇빛의 흔적, 후덥지근한 더위, 나무들의 푸름. 야만적이고 농밀하고 신선한 해 질 녘이 시나와 여자애를 가둬놓고 있었다.

시나는 홀연히 이해했다. 자신이 지금도 고독하다는 것을. 이 세상에 달랑 혼자 존재한다는 것을. 그리고 여자애를 바라보며 '친구'라고 생각했다. 그녀는 그렇게 생각해주지 않겠지만, '우리는 친구다'라고. 바람이 두 사람 사이를 시간처럼 천천히 흘러갔다.

오랜만에 시나는 자신의 운동화 뒤꿈치가 내는 경쾌한 소리를 들었다. 한 걸음씩마다 아스팔트에 탁탁 내리쳤다.

가까이 다가가자 여자애는 시나를—물론 친구로서가 아니라 지나가는 어른으로서—충분히 의식하면서도, 안 보는 척 흘끔거렸다. 싸늘하게.

멀리서 상상한 것보다 어른스러운 얼굴이었다. 속눈썹이 짙고 길었다. 여성스럽다고 해도 좋을 만큼 명료하고 의지적인 표정.

좀 더 다가가자 손에 뭔가 들고 있는 게 보였다. 흰색의 얇고 네모난 상자. 담뱃갑처럼 보였던 그것이 초콜릿이라는 것을 깨달은 건 여자애가 반대쪽 손에 들고 있던 초콜릿을 한 입 베어 먹었을 때였다.

시나는 가슴이 덜컥했다. 여자애의 옆얼굴도, 몸짓도, 해변에서 연인의 살갗을 홀린 듯이 바라보던 시나 자신을 생생히 떠올리게 했기 때문이다. 어떤 종류의 먹을 것은 마음을 강하게 만들어준다.

지나쳐 온 등 뒤편에 달콤한 초콜릿 냄새가 떠돌았다. 마치

에쿠니 가오리

하얀 꽃이 조롱조롱 맺힌 치자나무를 바람이 흔들고 지나갔
던 그날 오후처럼.

●
가
와
카
미

히
로
미

금과 은

하루, 라고 다들 불렀지만 나만은 하루키 씨, 라고 했다.

하루키 씨를 처음 만난 곳은 장례식장이었다. 증조외할머니가 돌아가셨던 것이다. 나는 아직 다섯 살이었고 당시 하루키 씨는 열여섯 살이었을 것이다.

장례식장은 2층 건물로, 큼직한 창문 너머로 주차장이 내다보였다. 주차장에는 금빛 장식의 길쭉한 검은 차 두 대가 서 있었다. 나는 함께 간 어머니와 린코 언니에게서 떨어져 나와, 금색과 검은색의 배합에 흠뻑 빠져 유리에 이마를 대고 멍하니 보고 있었다.

"차 좋아해?"

그렇게 물어보는 소리에 뒤를 돌아보았다.

"저 차, 좋아."

나는 대답했다. 안경 쓴 남자가 서 있었다. 다른 아저씨들은 검은 옷 일색인데 그 남자만 겉옷 없이 흰 셔츠에 회색 바지를 입고 있었다.

"너, 유사 에이코지?"

남자가 말했다.

나는 가만히 있었다. 수상한 사람과는 말을 하면 안 돼. 어머니가 항상 그렇게 가르쳤기 때문이다.

주위가 웅성웅성하더니 검은 옷의 사람들이 일제히 움직이기 시작했다. 언니가 다가와 내 손을 잡고 데려갔다. 길게 놓인 의자의 중간쯤에 언니와 나란히 앉았다. 사람들이 한 줄로 이쪽을 향해 절을 하고 갔다. 금색 차를 좀 더 보고 싶은데. 나는 그 생각만 하고 있었다. 앞자리에 조금 전 하얀 셔츠의 남자가 앉아 있었다.

한 줄로 선 사람들이 모두 뒤로 물러난 뒤에 나는 어머니와 언니가 하는 대로, 길게 누워 있는 증조외할머니의 발치에 국화꽃을 놓았다. 증조외할머니는 온통 꽃에 뒤덮여서 기묘한 느낌이 들었다. 하얀 셔츠의 남자가 울고 있었다. 그 밖에 우는 사람은 없었다. "호상好喪이야, 호상"이라는 말을 몇몇 검은 옷의 아저씨 아주머니들이 입에 올리고 있었다.

화장터로 이동하기 위해 밖으로 나오자 더운 공기가 왈칵 몰려왔다. 그날 아침, 유치원 원복을 입혀줬을 때는 벌써 여름방학이 끝난 줄 알고 크게 실망했었다. 행선지가 유치원이 아니라 큼직한 유리창이 있는 이 건물이라는 것을 알았을 때는 기쁨을 감추지 못했다. 나는 유치원이 싫었다.

조금 전 2층에서 내려다본 길쭉한 금색 차가 이제는 바로 눈앞에 있었다. 빤히 바라보고 있으려니 다시 하얀 셔츠의 남자가 말을 걸었다.

"금색 크레용, 갖고 있어?"

갖고 있다고 나는 대답했다. 남자는 이제 울지 않았다. "어른도 울어?" 내 말에 하얀 셔츠의 남자가 조용히 웃었다. "오빠는 하루키라고 해. 수상한 사람이 아니고 린코와 에이코의 육촌 오빠야."

"육촌 오빠래."

옆에 서 있던 언니에게 말했더니 언니는 고개를 숙인 채 작게 속삭였다.

"응, 하루야."

아무래도 언니는 '육촌 오빠'라는 그 남자를 알고 있는 눈치였다. 우리보다 꽤 나이가 많은 것 같은데 초등학교 4학년인 언니가 '하루키 씨'가 아니라 '하루'라고 경칭도 없이 말하고 있었다.

　장례식이 끝나고 아마 일가친척이 모두 '천화天花식당' 2층 방으로 갔을 텐데(천화식당은 외가 쪽 친척들이 제사나 장례식 때마다 이용하던 튀김집이다), 그 뒤의 기억은 끊겨 있다. 금색 크레용으로 그린 어떤 그림이 유치원 시절의 내 스케치북에 남아 있기는 하지만 그게 영구차인지 아니면 단순한 금색 오브제인지는 확실치 않다.

　다음에 하루키 씨를 만난 것은 그로부터 2년 후 돌아가신 외할머니의 장례식 때였다.

　언니는 그때도 역시 하루키 씨를 '하루'라고 했다. 얼굴을 마주할 때는 '하루키 씨'라고 하는데, 천화식당에서 보리멸 튀김을 먹으면서는,

　"하루, 재수한대. 형 요시키는 의대에 재수도 안 하고 단번에 딱 붙었는데."

　라고 내게 살짝 가르쳐주기도 했다.

　재수라느니 단번에 딱 붙었다느니 하는 말의 의미를 초등학교에 갓 입학한 나는 물론 알지 못했다. 대학 시험에 떨어진 거라고 언니는 약간 동정하는 투로 설명해주었다. 대학 시험에 떨어졌다, 라는 말도 나는 아직 잘 알지 못했다. 다만 언

니의 기색으로 보아 하루키 씨는 언니나 어머니나 그 밖의 친척들에게 약간 불쌍하게 여겨지는 사람이라는 것이 어렴풋이 느껴졌다.

나는 튀김을 반쯤 남겨버렸다. "하루한테 먹으라고 해라." 어머니의 사촌 언니인 하루키 씨의 어머니가 말하자 그는 밥공기와 젓가락을 들고 내 옆으로 왔다.

"이렇게 먹으면 맛있어."

하루키 씨는 내가 남긴 튀김을 밥 위에 얹고, 역시 내가 남긴 무즙과 생강즙을 튀김에 듬뿍 끼얹더니 다시 그 위에 골고루 맛 간장을 뿌렸다.

"어때, 덮밥 같지?"

그렇게 말하면서 하루키 씨는 맛있게도 먹었다. 정말로 맛있어 보여서 "나도, 나도"라고 했더니 하루키 씨는 웃으면서 "자아" 하고 일단 자신의 밥공기에 덜어 갔던 오징어 튀김을 내가 남긴 밥 위에 얹어주었다. 그러고는 느릿느릿 자리에서 일어서더니 방 안의 큰 사각 테이블 사이를 한 바퀴 돌고는 다시 왔다. 무즙과 생강즙이 담긴 작은 접시를 손에 들고 있었다.

"나, 그거 안 좋아하는데?"

내 말에도 하루키 씨는 아랑곳하지 않고 오징어 튀김 위에

무즙과 생강즙을 끼얹었다. 그러고는 자기 것에 했던 것처럼 골고루 맛 간장을 뿌려주었다.

"이거, 진짜 맛있다니까."

그렇게 말하면서 밥공기를 내 쪽으로 내밀었다.

머뭇머뭇 나는 젓가락을 들었다. 오징어 튀김이 너무 컸지만 하루키 씨가 지그시 쳐다보고 있는지라 에라, 모르겠다, 하는 마음으로 통째로 입에 넣었다. 그대로 꿀꺽 삼키다시피 먹었다. 맛이 있는지 없는지도 잘 몰랐다. 언니와 어머니를 눈으로 찾아봤지만 보이지 않았다.

'덮밥'을 다 먹고 하루키 씨는 이쑤시개로 이를 쑤셨다. 그러다 잠시 뒤에 갑자기 생각난 듯이 내게 물었다.

"여자애들은 갑자기 와아 소리치면서 옆 동네까지 뛰어가고 싶어지는 그런 일, 없어?"

"……없는데?"

멈칫멈칫 대답하자 하루키 씨는 고개를 갸우뚱했다. 쓰윽 일어서더니 복도로 나갔다. 장지문을 여는 참에 하루키 씨는 뒤를 돌아보며 작은 소리로 말했다.

"사람 죽는 거, 나, 진짜 싫어."

'유사교실'은 어머니가 강사를 맡았던 도예반의 명칭이다.

미술대학 도예과를 졸업한 어머니는 결혼 전에 도치기 현의 도요陶窯(도기陶器를 굽는 가마―옮긴이)에서 일했다. 아버지와 결혼한 뒤로는 도치기에서 도쿄 문화센터까지 강의를 하러 올라온 도요 선생님의 조수로 일했다. 그러다가 그 교실을 맡게 되었고 이윽고 집에서도 가르치기 시작한 것이다.

여름철의 여행이라고 하면 보통은 귀성 여행이나 가족이 모두 함께 가는 여행을 말하겠지만 우리 집에서는 유사교실의 친목 여행을 가리키는 말이었다.

어머니는 항상 언니와 나를 그 여름철 친목 여행에 함께 데리고 갔다. 낮에는 도요를 찾아가고 저녁이면 근처 온천 여관에서 숙박했다. 항상 우리 집에 도예를 배우러 오던 얌전한 언니 오빠들이 술을 마시면 갑자기 목소리가 커지고 노래도 부르고 하는 게 나는 좀 무서웠다.

언니는 중학교에 들어갈 무렵부터 어머니 모르게 그 언니 오빠들과 술을 마시곤 했다. 어머니를 닮았는지 언니는 술이 셌다.

에이코도 한번 마셔보라는 말에 나도 맥주와 와인을 시험 삼아 아주 조금 마셔본 적이 있다. 다음 날 아침까지 머리가 띵해서 몹시 후회했다.

유사교실의 여름철 여행에 하루키 씨가 참가하기 시작한

건 언제부터였을까.

"할머니 돌아가신 그다음 해부터 아닌가?"

언니는 그렇게 말했다. 마침 그 무렵에 하루키 씨의 부모님이 이혼을 해서 하루키 씨는 어머니 쪽에서, 형 요시키 씨는 아버지 쪽에서 데려가기로 한 것이다.

"데려간다고 해봤자 내가 그때 대학에 입학한 참이고 이미 어린애도 아니었으니까 누가 어느 쪽을 따라가든 괜찮다는 식이었어."

언젠가 하루키 씨가 말했었다. 그런 건가, 하고 나는 생각했다.

"나는 언니와 헤어져 아버지나 어머니, 둘 중 어느 한쪽을 따라가야만 한다면 슬플 거야."

그렇게 대답했더니 하루키 씨는 잠깐 침묵했다.

"에이코, 순진하구나."

한참 뒤에야 하루키 씨는 말했다. 그러고는 내 머리를 쓰다듬었다. 어린아이 대하듯 하는 바람에 나는 조금 약이 올랐다. 하루키 씨는 언니에겐 머리를 쓰다듬거나 하는 짓은 절대로 하지 않았다.

유사교실의 여름철 여행으로 섬에 간 것은 내가 6학년 때의 일이었다. 오카야마에서 히젠 도요를 견학한 뒤에 배를 타고 세토나이카이瀬戸內海(일본 혼슈 서부와 규슈, 시코쿠에 에워싸인 내해—옮긴이)에 떠 있는 작은 섬으로 건너갔다. 저녁 식사를 마치자 민박집 아주머니가 우리에게 우란분재盂蘭盆齋(고인이 사후에 거꾸로 매달리는 고통을 받고 있는 것을 구하기 위해, 후손들이 음식을 공양하는 불교 행사—옮긴이) 민속춤 축제에 함께 가자고 했다. 도쿄에서의 축제 때는 탄갱炭坑 타령이니 도쿄 선창先唱을 계속해서 큰 소리로 틀어놓고 화려한 포장마차들이 줄줄이 나오는 통에 항상 시끄럽다고만 생각했었는데 그 섬의 축제는 전혀 달랐다.

"노래를 직접 하네?"

하루키 씨가 깜짝 놀란 듯이 말했다. 섬 주민들이 느릿느릿 춤추는 한가운데는 도쿄처럼 북 치는 높직한 대 같은 건 없고, 그 대신 여러 명의 여자들이 샤미센(일본의 대표적인 전통 현악기—옮긴이)을 들고 직접 연주하며 노래를 부르고 있었다.

"목소리가 정말 커."

내가 속삭였다. 여자들은 마이크도 사용하지 않고 낭랑하게 노래를 불렀다.

"우와, 멋있다."

하루키 씨는 어린애처럼 꾸밈없는 말투였다. 우리는 어둠 속에 서 있었다. 샤미센을 켜는 여자들, 그리고 춤추는 사람들에게는 군데군데 놓인 랜턴 불빛이 가까이 닿아 밝았지만, 우리가 서 있는 조금 떨어진 바닷가 쪽은 깜깜했다.

가만 보니 어느새 유사교실 학생들도, 그리고 어머니와 언니도 민속춤 그룹 속에 들어가 있었다. 나긋나긋 팔을 흔들며 한 걸음 뒤로 물러서고 다시 앞으로 몇 걸음 나갔다가 물러서는 단조로운 반복이었다. 언니도 유사교실 학생들도 그새 춤에 익숙해져 있었다.

"함께 춤 안 춰?"

하루키 씨가 물었다. 춤추는 사람들 속에 들어가고 싶은 마음도 있었지만 왠지 주눅이 들어 망설여지기도 했다.

"하루키 씨는?"

흠, 하고 하루키 씨는 작게 말했다. 민속춤 추는 사람들을 가만히 응시하고 있었다. 하루키 씨도 나와 똑같은 심정이라는 것을 어쩐지 짐작할 수 있었다.

"다들 춤을 정말 잘 추잖아."

내가 말하자 하루키 씨는 고개를 끄덕였다. 둘이서 모래사장에 선 채로 30여 분쯤 춤추는 사람들을 보고 있었다. 여자들의 노래와 샤미센 연주에 파도 소리가 어우러져 전체가 하나의 음악 같았다.

그러다가 샤미센 소리가 한층 높아졌다. 끝나는 시간이 가까워진 것이다. 나는 하루키 씨의 옷자락을 잡아당겼다. 그가 내 얼굴을 흘끗 돌아보았다. 처음에는 깜깜한 어둠 속이었는데 서서히 눈에 익어서 이제는 하루키 씨의 표정을 알아볼 수 있었다.

그는 입을 살짝 헤벌리고 가만가만 손을 움직이고 있었다. 춤의 리듬을 타는 움직임이었다. 내가 걸음을 내디딘 것과 하루키 씨가 걸음을 내디딘 것은 동시였다. 그대로 둘이 함께 슬금슬금 춤추는 사람들에게로 다가갔다.

그때였다. 샤미센 소리가 뚝 그쳤다. 사람들이 춤을 멈추고 샤미센을 연주하던 여자들도 손을 멈추었다. 약간의 박수와 웅성거림 뒤에 사람들이 조용히 해산하며 바지런하게 랜턴을 모아 들고 불을 껐다.

문득 깨닫고 보니 주위에 아무도 없었다. 하루키 씨와 나만 멀거니 서 있었다.

"함께 못 했어."

내가 말하자 하루키 씨는 몸을 가볍게 흔들었다. 그러고는 흐흠, 하고 낮은 목소리로 말했다.

"그래도 그냥 출까?"

하루키 씨는 조금 전에 춤추던 사람들이 있던 곳까지 걸어갔다.

그리고 나를 향해 손을 까불며 "이리 와, 이리 와"라고 했다. 나는 그 뒤를 따라갔다. 멀리서 가로등 불빛이 희미하게 와 닿는 가운데 우리는 천천히 춤추기 시작했다.

한 바퀴쯤 돌고 나서 우리는 손을 맞잡고 민박집으로 돌아왔다.

다음 날 아침에도 날씨가 화창해서 뭉게구름이 하늘 가득 퍼져 있었다.

하루키 씨는 아침부터 밥을 세 공기나 먹었다. 언니가 남긴 삼치구이며 유사교실 학생들이 남긴 맛김과 가지장아찌까지 싹싹 비웠다.

"그렇게 먹는데도 어째 살이 안 찌는지 몰라."

언니가 하루키 씨에게 말했다.

"엄청 돌아다니거든, 내가."

하루키 씨의 대답이었다.

아닌 게 아니라 하루키 씨는 부산하게 잘도 돌아다녔다. 아침 식사를 하는 동안에도 열 번 넘게 자리를 떴다. 자신의 밥을 푸러 가거나 다른 사람이 남긴 것을 받으러 가는 것뿐만이 아니었다. 민박집 아주머니가 시키는 대로 된장국을 나르고 텔레비전 채널을 바꾸고 방에 뛰어든 매미를 잡아 밖에 풀어주기도 하고.

민박집 아주머니가 음식 쟁반을 나르라고 심부름 시키는 것만 봐도 알 수 있듯이 하루키 씨라는 사람은 약간 남들에게 가볍게 보이는 경향이 있었다.

"우리 요시키 형은 여간 콧대 높은 게 아닌데. 나하고는 딴판으로."

오전 중에 모래사장에서 하루키 씨가 투덜거렸다. 어머니가 고무보트에 공기를 넣으라는 심부름을 시켜서 조잡한 플라스틱 공기 주입기를 쉴 새 없이 발로 슉슉 밟고 있던 참이었다.

"요즘에도 요시키 씨를 자주 만나?"

내가 물어보았다.

"연말에나 겨우 보는 정도?"

이혼한 뒤에도 연말이면 반드시 자신과 아버지, 어머니, 거기에 요시키 씨까지 넷이서 함께 식사하기로 했다고 하루키 씨가 설명해주었다.

"식당은 아버지가 정하시는데, 매번 어쩐지 좀 어려운 곳이야. 묵직한 나이프와 포크를 쓰는 식당. 난 마음에 안 들더라, 그런 데는."

하루키 씨는 온통 땀투성이였다. 공기 주입기의 관에 구멍

이 났는지, 아무리 열심히 밟아도 고무보트는 아주 조금씩밖에 부풀지 않았다.

"에이코는 어떤 식당을 좋아해?"

하루키 씨가 물었다. 초등학생에게 어떤 식당이 좋으냐니, 말이 안 된다. 하루키 씨라는 사람은 역시 남들이 가볍게 볼 수밖에 없는 면이 있구나, 하고 나는 반쯤 포기해버렸다.

드디어 팽팽해진 고무보트를 하루키 씨는 유사교실 학생들이 있는 곳으로 떠메고 갔다. 모래사장에 펼쳐둔 세 개의 파라솔 아래에는 아무도 없었다. 바다 쪽으로 시선을 던지자 수많은 머리들이 떠 있었다.

"또 우리만 놔두고 가버렸네."

하루키 씨는 투덜투덜하더니 한 발을 들고 몇 번이나 통통 뛰며 깽깽이를 했다.

"뭐 해?"

내가 물어보자 하루키 씨는 진지한 얼굴로 대답했다.

"준비 체조."

하루키 씨가 고무보트에 나를 태우고 밀어주었다. 바다 쪽으로 나가는 흐름을 탔는지 금세 모래사장이 저만큼 멀어졌다. 유사교실 학생들과는 약간 다른 방향으로 파도가 우리를 실어 갔다.

나는 보트 위에서 팔을 뻗어 구명줄을 꽉 부여잡았다. 하루키 씨는 보트 가장자리에 팔을 얹고 바닷물에 흔들흔들 떠 있었다.

"보트 위, 기분 좋아?"

하루키 씨가 물었다. 응, 하고 나는 대답했다. 모래사장과 가까운 곳에서는 파도 소리가 높았는데 그 근처 바다는 고요했다. 하루키 씨의 팔뚝이 햇볕에 까맣게 타 있었다. 눈을 감자 시야가 노랗게 보였다. 눈을 뜨면 그 즉시 눈부심이 덮쳤다. 얼른 다시 눈을 감았다.

"물에 들어와 봐."

하루키 씨가 권했다.

"발이 바닥에 닿지 않아서 무서워."

내가 대답하자 하루키 씨는 보트에 달린 굵은 밧줄을 구명줄에 감아주었다.

"보트 가장자리를 잡고 있으면 괜찮아."

하루키 씨의 말에 나는 슬쩍 고개를 끄덕였다. 슬금슬금 다리를 바닷물에 담갔다. 처음에는 섬뜩하게 차가웠지만 허벅지까지 담그자 물은 갑자기 부드러워졌다.

그대로 미끄러지듯이 물속에 들어갔다. 하루키 씨와 나란히 보트 가장자리를 잡고 버둥버둥 다리를 움직였다. 물속에

투명하게 비친 다리는 다리가 아닌 다른 것 같았다. 윤곽이 확실하지 않고 끝이 유난히 가늘게 보였다.

"큰대 자로 벌렁 누워볼까?"

말하자마자 하루키 씨는 배를 내밀고 몸을 둥실 띄웠다. 팔다리를 쭉 펴자 정말 큰대 자 모양이 되었다.

나도 흉내를 내봤지만 엉덩이 쪽이 가라앉아서 파도가 얼굴 위를 덮쳤다. 코에 바닷물이 들어가 얼얼하게 매웠다.

"아예 뒷머리를 바닷물에 푹 담가버리면 돼."

하루키 씨가 가르쳐주었다. 그랬다가는 코에 바닷물이 더 들어갈 것 같아 움찔움찔하면서도 시험 삼아 그 말대로 해보았다. 그러자 온몸의 힘이 탁 풀리면서 팔도 다리도 바닷물 위에 쭉 펴졌다.

그대로 한참이나 둘이서 큰대 자로 누워 있었다. 눈이 부셔서 다시 감아버렸더니 시야가 왠지 노란색이 아니라 푸르스름한 빛으로 바뀌었다. "와아, 기분 좋아." 큰 소리로 말하자 하루키 씨도 큰 소리로 말했다.

"진짜 좋다—."

모래사장으로 돌아오자 정오 가까운 시각이었다. 꽤 오랫동안 바닷물에서 놀았던 것이다. 민박집으로 돌아와 옷을 갈아입고 짐을 챙겨 항구로 향했다. 몸이 천근만근 무거웠다.

가와카미 히로미

하루키 씨 쪽을 보니 그는 묘한 표정을 짓고 있었다. 옆으로 다가가자 목소리까지 이상했다.

"왜 그래?"

내가 물었다. 하루키 씨는 팔뚝에 얼굴을 묻었다. 울고 있었다.

"어디 아파?"

놀라서 물어보자 하루키 씨는 고개를 가로저었다.

"여행 끝나는 거, 진짜 싫어."

하루키 씨는 팔뚝으로 얼굴을 쓱쓱 비볐다.

어른도 우는구나. 나는 하루키 씨를 처음 만났던 장례식장에서와 완전히 똑같은 생각을 했다. 덩달아 나도 울음이 터지려고 했지만 꾹 참았다. 그토록 즐거웠는데 왜 울고 싶어지는걸까, 하고 신기했다. 항구에 정박한 배는 올 때 탔던 것보다 작았다. 유사교실 사람들은 다들 햇볕에 까맣게 타 있었다.

다음 해, 하루키 씨는 대학을 졸업했다.

취직하려고 했는데 못 했다는 이야기를 어머니에게서 들었다.

"취직 재수생인 거네."

언니가 말했다.

"뭐든 다 아는 것처럼 얘기하면 못써."

어머니에게 혼이 난 언니는 입을 툭 내밀고 눈만 데굴거리고 있었다.

"하루, 어째 좀 불쌍하다."

언니가 피식 웃으며 말했다. 고등학교에 올라간 뒤로 언니는 머리를 염색하기 시작했다. 학풍이 자유로운 도립 고등학교였고, 아버지나 어머니도 그런 것에 관해서는 전혀 간섭하지 않았다.

"그림을 계속하려고 마음먹었다면 취직하는 것은 좀 어렵겠지."

어머니가 말했다. 하루키 씨는 어머니와 같은 미술대학을 졸업했다. 유화 전공으로, 재학 중에 교내의 상을 탔다고 했다.

"화가라는 건 어떻게 하면 될 수 있어?"

언니가 물었다.

"뭐, 이것저것 길이야 많지."

어머니는 애매하게 대답했다.

화제는 금세 하루키 씨의 거취와는 상관없는 쪽으로 흘러갔다.

다음 해, 하루키 씨가 교원 시험에 합격해 도내 중학교의 미술 교사가 되었고 게다가 결혼까지 해버렸다는 얘기를 전해 들었을 때도 어머니와 언니는 그리 큰 관심을 보이지 않았다.

"결혼식은 안 한 거지?"

그게 언니의 유일한 언급이었다.

"좋지, 뭐. 축의금도 안 나가고."

이건 어머니의 말이었다.

'하루키 씨는 취직이나 결혼이 정해졌을 때 울었을까?'라는 건 내 느낌이었다. 입 밖에는 내지 않았지만.

한참이 지나서야 하루키 씨 부부에게서 간단한 소식 엽서가 왔다. 사진도 없이 글씨만 이어진 퉁명스러운 엽서였다. '이사를 했고, 결혼을 했고, 아이가 태어났다'는 소식을 한데 몰아 보내온 것이었다. 아이의 이름은 '레이나'였다. 어딘지 하루키 씨의 아이라는 느낌이 들지 않는 이름, 이라고 나는 생각했다.

하루키 씨가 이혼한 것은 그로부터 2년 뒤였다.

"아이는 부인이 데려가기로 했대. 하루키 씨, 자기가 키우겠다고 가정재판소에 드나들며 꽤나 버텼다는데."

어머니가 알려주었다. 나는 고등학생이 되어 있었다.

하루키 씨의 인생에 관한 이런저런 일에 대해 나는 사실 별 관심이 없는 상태였다. 태어나서 처음으로 연애를 하고 있었기 때문이다. 연애는 멋졌다. 결혼하고 아이가 태어난다는 것과 연애라는 게 어떻게 연결되는 것인지, 그 무렵의 나로서는 짐작도 가지 않았다.

하루키 씨가 이혼한 다음다음 해에 나는 대학에 들어갔다. 하루키 씨와 오랜만에 얼굴을 마주한 것도 바로 그즈음이었다. 대학 근처의 영화관에서 뜻밖에 하루키 씨와 덜컥 마주친 것이다.

"엇, 에이코."

하루키 씨는 마치 며칠 전에 만난 사람 같은 말투로 인사를 건네왔다. 그 전에 만났던 게 하루키 씨가 대학을 졸업하기 전해, 즉 유사교실의 섬 여행 때였으니까 직접 얼굴을 마주한 것은 7년 만이었는데도.

하루키 씨는 여전히 변한 데가 없었다.

"에이코, 여자같이 되었구나."

하루키 씨가 감탄한 듯이 말했다.

"여자 같다니, 그게 뭐야?"

나는 웃으면서 되물었다.

"아니, 에이코는 여자애도 남자애도 아닌 그냥 에이코라는 느낌이었는데 말이야."

하루키 씨는 진지하게 대답했다.

평일 점심때였다. 이런 대낮에 영화를 보고 있다니, 하루키 씨, 직장은 어떻게 된 걸까. 나는 내심 걱정이 되었다.

"지금, 백수."

내 마음속의 목소리를 알아들은 듯이 하루키 씨가 선선히 말했다.

"아, 그래?"

나는 당황하면서 대답했다.

하루키 씨가 저녁밥을 사주었다. 자그마한 어묵 집에서 무와 두부 완자와 생선살 완자를 실컷 먹었다. 하루키 씨는 술이 셌다. 나는 여전히 술은 마시지 못하는지라 우롱차만 홀짝홀짝 마셨다.

그 뒤로 하루키 씨와 세 달에 한 번꼴로 만나게 되었다. 내가 한바탕 실연을 당했을 때는 하루키 씨가 나를 지바 바닷가에 데리고 가주었다.

"실은 오키나와 같은 곳에 가면 좋겠지만 요즘 내가 돈이 없어."

그렇게 변명하는 하루키 씨와 함께 우치보 해변의 허름한 민박집에서 일박했다. 장지문으로 방들이 모두 이어지는 그

런 민박집이었다. 붐벼서 그랬는지 아니면 하루키 씨가 돈을
절약하느라 그랬는지, 두 사람이 함께 쓰는 방이었다.

"나, 에이코라면 아무렇지도 않으니까."

하루키 씨가 그런 식으로 말하는 바람에 나는 은근히 화가
났다. 해변의 민박집이었지만 수영은 하지 않고 수족관에 가
거나 조개를 줍기도 하고, 밤에는 바닷가에서 술을 너무 마셔
토하기도 하면서 보냈다. 돌아올 즈음에는 실연의 충격이 꽤
많이 풀려 있었다.

그 뒤로도 하루키 씨와는 여기저기 많이 돌아다녔다. 내가
번번이 취직 시험에 떨어졌을 때는 요코하마의 차이나타운에
가서 라면이며 고기만두며 순대를 배가 불룩하도록 실컷 먹
었다. 하루키 씨는 여전히 가난했기 때문에 음식값은 모두 내
가 냈다.

하코네에 간 적도 있었다. 웬일로 하루키 씨가, "뭔가 여행
느낌이 나는 여행을 하고 싶다"는 제안을 해서 내가 계획을
짠 뒤 하코네를 한 바퀴 돌았다. 등산 전차와 로프웨이를 탔
고, 검은 달걀과 하코네 메밀국수를 먹었다. 젊은 청춘에 노
인네 같은 코스라고 하루키 씨에게 몇 번이나 타박을 들었다.

하코네는 4박 5일 일정이었다. 그때는 직전에 하루키 씨의
그림이 팔린 참이라서, "지금은 내가 꽤 부자야"라며 하루키

씨가 일반 호텔을 예약하고 돈을 내주었다. 물론 방은 따로따로였다.

하루키 씨와 함께 있으면 언제나 몸이 탁 풀리는 느낌이었다. 언젠가 유사교실의 여름 바다에서처럼.

"하루가 증발했다는데?"

언니가 알려주었다.

나는 놀라지 않았다.

하루키 씨가 슬럼프에 빠진 것이다.

하루키 씨는 이제 삼십대 중반을 넘어섰다. 그럭저럭 그림이 팔리기 시작하고 대학 강사 자리도 들어와서 이제 일단은 안심이다 하는 상태가 된 터에 돌연 슬럼프가 찾아왔다.

"그림이 팔리는 건 다행이긴 한데, 조금 다행이 아닌 점도 있어."

처음 만났던, 아직 그가 열여섯 살이던 때와 완전히 똑같은 말투였다.

나는 금색과 검은색의 영구차가 얼핏 생각났다. 역시 유치원 때 그 스케치북에 내가 그린 것은 영구차였다. 왠지 새삼스럽게 그런 확신이 들었다.

"하루키 씨는 자신이 좋아하는 일을 하고 게다가 돈도 벌잖

아. 그런 소리 하는 건 사치야."

나는 약간 화를 냈다. 나는 취직이 안 돼서 비정규직 파견 회사에 등록해 하루하루 생활비를 벌고, 그것만으로도 나름 대로 만족하고 있었다. 좀 더 위로 치고 올라가려는 야심 같은 게 없어도 아무렇지 않은 나 자신에 대해 약간 열등감을 갖고 있었기 때문에 은근히 화가 났었던 것 같다.

"미안."

하루키 씨가 사과했다.

나는 잠시 입을 꾹 다물고 있었다. 하루키 씨가 자리에서 일어나 커피를 내리기 시작했다. 하루키 씨의 방은 항상 어질러져 있었다. 평소에는 그리지도 않으면서 그림물감이며 기름이며 그 밖에 이름도 모르는 것들의 냄새가 방 안에 가득 차 있었다.

"'미안'이라는 소리 듣는 거, 싫어."

나는 말했다. 나무라려고 한 것은 아닌데 그런 식으로밖에는 말하지 못했다. 하루키 씨는 커피 잔을 내 앞에 내려놓았다. 그리고 은박지에 감싸인 네모난 초콜릿도.

"웬 초콜릿?"

내가 물었다. 톡 쏘아붙이는 말투가 되어버렸다.

"좋아하니까."

하루키 씨가 대답했다. 손을 내밀어 초콜릿을 집어 들더니 은박지째 뽀각 두 동강 냈다.

"자, 먹어."

하루키 씨가 반으로 나눈 초콜릿을 내밀었다. 나는 그걸 받아서 난폭하게 은박지를 벗기고 작은 삼각형으로 떼어냈다. 다시 뽀각 하는 소리가 났다.

"슬럼프라는 거, 진짜 사치스러운 병 같은 것인지도 모르겠다."

하루키 씨가 중얼거렸다. 손에 든 초콜릿을 곰곰이 쳐다보다가 천천히 베어 먹었다. 은박지를 조금 벗겨서 베어 먹고 다시 조금 벗겨서 베어 먹었다.

"맛있네."

하루키 씨의 입가에 갈색 초콜릿 조각이 묻었다. 은박지 조각도.

조각을 털어주고 나는 하루키 씨의 입술에 살짝 내 입술을 대보았다. 그러고는 곧바로 뗐다.

"방금 이거, 키스?"

하루키 씨가 물었다.

"아니."

"그럼, 뭐?"

"병문안."

건방지다니까, 이 녀석.

하루키 씨는 조그맣게 중얼거리고 은박지를 돌돌 뭉쳤다.

나는 천천히 커피를 마셨다. 하루키 씨는 팔짱을 끼고 있었다.

"나, 에이코를 좋아하니까, 무서워져."

잠시 뒤에 하루키 씨가 말했다.

"무서워?"

나는 되물었다.

"에이코가 어디론가 가버리거나 죽어버리거나 하는 게."

하루키 씨가 대답했다.

증조외할머니의 장례식 때, 그리고 섬을 떠나던 날 항구에서, 하루키 씨가 울던 모습이 떠올랐다.

"나는 무섭지 않아."

응, 하고 하루키 씨는 고개를 끄덕였다. 어린애처럼 꾸밈없는 말투로.

"그래, 에이코는 겁쟁이가 아니지. 나하고는 달라. 나는 울보에다 겁쟁이인데."

커피를 다 마셨는지라 나는 자리에서 일어났다.

하루키 씨를 내내 좋아했다는 것, 그것을 처음으로 깨달았고, 나는 그 사실에 놀라고 있었다. 실은 내내 알고 있었던 것 같기도 했지만, 역시 분명하게는 알지 못했다.

"또 올게."

그렇게 말하고 손을 흔들었다. 하루키 씨는 앉은 채 뒤돌아보았다. 그것이 마지막으로 본 하루키 씨의 모습이었다. 그다음 달에 하루키 씨가 '증발'했던 것이다.

에이코에게

그리 오래 집을 비우지는 않겠습니다.

이탈리아와 프랑스를 돌고 올 생각입니다.

나는 참으로 못난 인간이지만, 그림 그리기는 좋아하는 것 같아서 그나마 다행입니다.

지금은 그림이 잘 안 그려지지만 아마 잘되는 때도 오겠지요.

가끔 내 방에 가서 환기를 해주면 고맙겠습니다.

귀찮다면, 안 해도 되고.

또 편지할게.

— 하루키

방의 여벌 열쇠와 함께 그런 편지가 날아온 것은 하루키 씨가 '증발'하고 얼마 안 되었을 때의 일이었다. 나 혼자 사는 원룸 주소로 편지가 왔다. 소인이 희미해져서 알아볼 수 없었다. 이탈리아나 프랑스의 우표가 아니라 웬일인지 영국 우표가 붙어 있었다.

그걸 읽는 동안, 항상 반말을 했으면서 편지에서는 존댓말을 쓰는구나, 하고 생각했다. 어머니와 언니에게도 열쇠 얘기는 하지 말자고 결심했다. 그래서 편지도 보여주지 않았다.

또 편지하겠다고 했으면서 좀체 그다음 편지는 오지 않았다. 딱 두 통, 그림엽서가 왔었다. 반짝반짝하는 관광객 대상의 그림엽서였다. '잘 지내느냐, 나는 잘 지낸다'는 정도밖에는 적혀 있지 않았다.

하루키 씨가 돌아오면 나는 본격적으로 연애를 하게 될까. 그런 생각을 하면 때때로 이상한 기분이 들었다. 전혀 현실감이 없었다. 이탈리아나 프랑스에서 하루키 씨는 이따금 울기도 할까. 그런 생각도 했다. 성당 천장의 훌륭한 그림을 바라보면서 눈물을 뚝뚝 흘리는 하루키 씨를 상상해보았다. 이런 쪽이 훨씬 더 현실감이 있었다.

무섭다고 아주 조금 생각했다. 사람을 좋아하게 되는 건 무서운 일이구나. 그렇게 생각했다.

하루키 씨 방에는 몇 번, 환기를 해주러 갔다. 테레빈유가 들척지근한 냄새를 풍겼다. 주방 서랍에서 내가 먹다 남긴 초콜릿을 발견했다. 작게 뽀각 떼어내 한 조각만 먹었다.

하루키 씨가 돌아오면 분명하게 '좋아한다'고 말하자고 생각했다. 그다음 일은 아무것도 생각나지 않았다.

초콜릿을 서랍에 다시 넣어두고 문을 닫았다. 문이 삐이익 울리고, 그러고는 금세 조용해졌다.

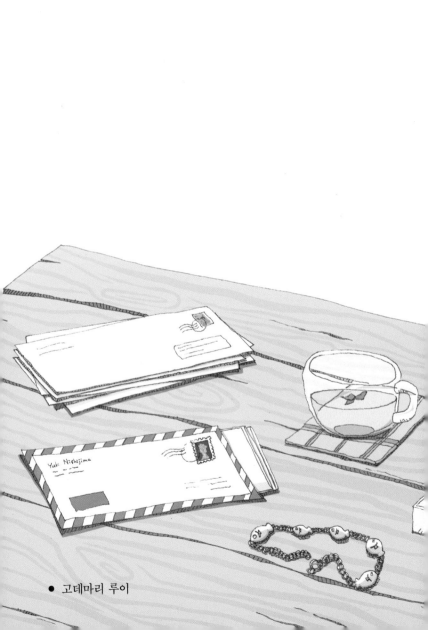

● 고데마리 루이

호수의
성인
聖人

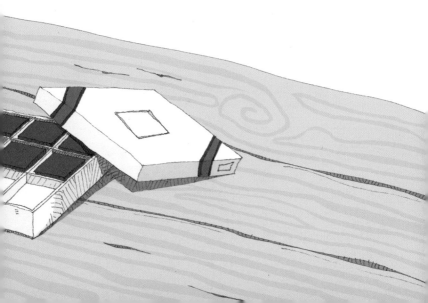

바람이 세차게 부는 날, 하늘을 날고 바다를 건너 편지는 내게로 도착했다.

3시를 조금 지난 시각이었다. 그날 아침부터 내내 사무실 대신 쓰고 있는 집 안에 틀어박혀 납기가 코앞에 닥친 일을 하고 있었다. 가까스로 한바탕 일이 매듭지어져 베란다에서 기르는 민트 잎을 뜯어다 따뜻한 티를 만들었다. 데스크 서랍 안쪽에 몰래 넣어둔 초콜릿 상자를 꺼내 프렌치 밀크의 달콤함을 맛보면서, 막 도착한 우편물을 살펴보고 있을 때였다.

"앗."

놀람인지 기쁨인지 알 수 없는 소리가 먼저 튀어나오고 마음은 한발 늦게 그 뒤를 따라왔다.

이건…….

다이렉트 메일, 정기 구독하는 패션 잡지, 지불 명세서가 든 거래처의 갈색 봉투 등에 섞여 진기한 외국 우표가 붙은 에어메일 한 통이 있었다.

에어메일은 단단해서 손바닥에 얹자 분명한 무게가 느껴졌다. 그립고 안타까운 무게는 편지가 거쳐 온 고독한 장거리 여행을 고스란히 말해주는 것 같았다.

다른 우편물은 쳐다보지도 않고 가장 먼저 집어 들었으면서 한순간 봉투를 뜯지 못하고 망설인 것은 왜일까.

봉투 왼쪽 위에 알파벳으로 적힌 발신자 이름은 〈Yuki Nishijima〉. 주소는 일리노이 주 시카고.

봉투 한가운데 적혀 있는 수신자 주소는 내가 이혼하기 조금 전까지 살았던 세타가야 구의 주소였다. 그 옆에 우편국 직원이 써넣은 현재의 주소. 그리고 결혼 전 성씨로 돌아간 내 이름.

미야시타 고토코 님께.

팔다리를 쭉 펴고 편안히 쉬는 것처럼 보이는 그 글씨는 분명 유키의 필체였다. 헤어진 지 12년이 지났는데도 그 글씨

고데마리 루이

안에는 붙임성 있는 그의 웃는 얼굴이 있었다. "나야, 나, 여기 있어." — 당장이라도 귓가에 그런 목소리가 들릴 것 같았다.

후텐 고토코＝미야시타 고토코 님께

건강하게 잘 지내고 있어?

갑작스러운 편지에 놀랐을 거야.

이 편지가 무사히 고토코의 손에 전달되기를 기도하면서 쓰고 있어.

작년이었나, 여동생이 무슨 생각을 했는지 이곳 미국까지 보내준 고등학교 동창 명부에서 고토코의 주소를 확인했어. 직업은 텍스타일 디자이너라고 나와 있더라. 고토코가 좋아하는 분야로 진출해 꿈을 실현하는 데 성공한 것 같아서 기뻤어. 축하해. 너무 늦은 축하인가.

나는 여전히 똑같은 생활이야. 시차와 꽃가루 알레르기와 편두통에 시달리면서 미국 전역을 전서傳書 비둘기처럼 날아다니는 하루하루를 이어가고 있어.

몇 년 전에 이런저런 사정이 있어서 다시 싱글이 되었고, 3년쯤 전부터 시카고 지사로 발령이 나서 요즘은 주로 멕시코, 중남미 제국과의 거래를 담당하고 있어. 덕분에 스페인어도 좀 할 수 있게 되었지. Muy bien(멋지다)!

지금은 과테말라에 와 있어.

갑작스럽게 결정된 출장이라서 직행 편을 잡지 못하고 시카고에서 뉴욕을 경유해 로스앤젤레스까지 날아가 거기서 야간 비행으로 과테말라에 왔어. 근데 과테말라시티의 공항 상공에 낀 짙은 안개 때문에 착륙하지 못하고 빙글빙글 선회하다 보니 연료가 떨어졌다는 거야. 어쩔 수 없이 그 옆 엘살바도르 공항에 착륙해 연료를 보급한 뒤에 안개가 걷히기를 기다리며 꼼짝없이 기내에 갇혀 있기를 세 시간. 정말 과테말라는 먼 곳이라는 사실을 절절히 실감했어.

그나저나 서두가 너무 길어졌구나. 이제 다음 이야기를 해볼까.

어쨌거나 과테말라시티야. 여기서 비즈니스 건을 처리한 뒤에 현장 시찰과 관광을 겸해 고도古都 안티과로 건너왔어. 안티과 교외의 커피 원두 공장과 가죽 제품 공장을 견학하는 것으로 내 모든 업무는 끝이 났어. 어제부터 완전히 오프로 이곳 아티틀란 호반의 마을 파나하첼까지 찾아왔어.

인디오 민족의상이 얼마나 화려하고 선명한지, 말로 표현할 수 없을 정도로 멋있어. 술로 비유하면 머리가 핑 돌 만큼 진하고 달콤한 칵테일이라고 할까.

여자들뿐만 아니라 아저씨도 노인도 어린아이들도 모두 손으

고데마리 루이

로 짠 허리띠와 자수(아, 미안. 한자를 어떻게 쓰는지 깜빡했다)가 촘촘히 들어간 천을 두르고 있어.

고토코가 본다면 이건 뭐, 꽉 끌어안고 싶은 광경일 거야. 침을 줄줄 흘리며 좋아할 것 같은데? 허리띠는 마치 일본의 비백飛白 무늬(전통 직조법에 의한 무늬로, 붓끝으로 쓸듯이 규칙적인 흰 여백이 들어간다—옮긴이)와 비슷하다고나 할까. 자수 문양은 강아지나 새, 그리고 기하학 문양과 장미꽃 등 각 마을에 따라 다양한 모양이야.

난 창 너머로 아티틀란 호수가 내다보이는 호텔에서 묵고 있어.

마치 지구의 거울처럼 크고 맑은 호수.

그 너머에는 후지 산을 꼭 닮은 화산이 세 개. 산페드로 산, 톨리만 산, 아티틀란 산. 높이는 모두 3,000미터가 넘어. 특히 산페드로 산은 깜짝 놀랄 만큼 후지 산하고 비슷하더라.

고토코는 기억하고 있을까?

기억하고 있었으면 좋겠는데. 아티틀란 호수에 살고 있다는 성인 이야기.

나는 내일 보트를 타고 맞은편 산티아고 아티틀란으로 그 성인을 만나러 갈 예정이야. 잊지 않고, 가장 고급스러운 초콜릿을 챙겨 들고.

기억한다.

물론 기억하고 있어, 유키.

그걸 어떻게 잊을 수 있겠어?

가슴속에서 그의 이름을 부르며 말을 건네보는 게 몇 년 만 인가. 꽤 오랜만인 것 같기도 하고, 어제도 그제도 그 전날에 도 매일 밤낮으로 무의식중에 말을 건넸던 것 같기도 하다.

편지에서 시선을 들어 문득 창밖을 바라보니 때마침 강풍 에 휘날렸는지 아직 노란 물이 들지 않은 은행잎 하나가 빙글 빙글 춤추며 날아가는 게 보였다.

나도 모르게 고개를 내밀어 그 잎사귀를 눈으로 따라갔다.

어디에서 왔니?

어디까지 가니?

바람이 기억의 나무를 뒤흔들어 추억의 잎사귀들이 푸르르 휘날렸다.

유키와 인연을 맺어준 사람은 큰아버지였다.

젊어서 아내와 사별한 큰아버지는 나를 친딸처럼 생각하 셨다. 항상 일에 쫓기는 부모님을 대신해 어렸을 때부터 이 래저래 보살피고 귀여워해주었다. 큰아버지는 「남자는 괴로 워」의 주연 배우 도라 씨의 광팬이어서 그의 별명 후텐風天을 따다 자신을 '후텐 미야시타', 나를 '후텐 고토코'라고 부르곤 했다.

고등학교 3학년 때부터 나는 다이토 구의 서민 동네에서 큰아버지가 경영하는 학생 식당 '미야시타'의 2층 방을 빌려 자취를 하고 있었다. 부모님은 젊은 시절부터 영상 프로덕션에서 함께 일하면서 여행 다큐멘터리 필름을 제작하고 있었기 때문에 1년 내내 외국에 나가 살다시피 했다. 나를 낳은 것도 에게 해의 섬을 일주하는 크루즈 선상이었다고 들었다.

그런 배경 때문인지 나는 소녀 시절부터 소풍이며 여행을 정말 좋아했다. 어른이 되어 전 세계를 떠돌아다니는 직업—이를테면 스튜어디스나 여행 가이드—을 택하기로 마음먹은 적도 있었다.

고등학교에 입학한 뒤로는 내가 원하는 대상이 '인도'로 바뀌었다. 서점에서 우연히 인도 사진집을 펼쳐본 이래로 그곳은 '꼭 가야 할 나라'가 되었다. 머리 위에 물동이를 이고 사막을 건너가는 여자들이 몸에 두른, 눈이 번쩍 뜨이는 듯한 원색의 사리를 언젠가 내 눈으로 꼭 보고 싶었다.

"방랑자 고토코, 아무리 그래도 인도는 힘들다네."

큰아버지는 그렇게 나를 놀리면서도, 잡지 인터뷰 기사에서 읽은 '이 세상에는 두 종류의 인간밖에 없다. 인도에 갈 수 있는 자와 갈 수 없는 자다'라는 어느 유명한 작가의 말을 마치 자신이 만들어낸 말처럼 읊어대곤 했다.

대학교 1학년 여름방학을 한 달 앞둔 어느 날.

식당 카운터 위에 인도 지도를 펼쳐놓고 여행 계획을 짜면서 나는 한숨을 내쉬었다.

"한 달 가까이를 나 혼자 여행할 수 있을까……"

그런 내게 큰아버지는 인생의 지혜를 일러주겠노라고 했다.

"세상살이에는 인정이 필요하고 여행에는 동반자가 필요하다는 말이 있어. 그러니까 파트너를 모집하면 돼. 면접은 내가 해줄 테니까."

"정말 괜찮을까? 한 달이 넘는 일정이에요. 생판 낯선 사람과 함께 여행할 수 있을까?"

고개를 갸웃거리는 내게 큰아버지는 자신만만한 웃음을 보였다.

"친한 친구보다 낯선 사람이 오히려 더 좋은 법이야. 긴 여행인 경우에는 더욱 그렇지. 어느 정도 거리를 유지할 수 있는 사람이 좋아."

젊은 시절에는 자칭 '방랑자'로 전쟁 저널리스트가 꿈이었던 큰아버지가 적극 후원해준 덕분에 나는 반신반의하면서 식당 안 게시판에다 공고문—큰아버지가 불러주는 대로 내가 매직으로 쓴─을 붙였다.

〈사람 구함〉

인도 여행 함께 가실 분을 구합니다.

기간은 1개월. 연령, 성별, 직업 불문.

인도에 관심 있는 대학생은 연락주세요.

(상세한 내용과 연락처는 본 식당 주인 미야시타 씨에게 문의 바람)

그 공고문을 보고 가장 먼저 연락해준 사람이 유키였다.

유키는 편지까지 써 보냈다. 나는 큰아버지를 통해 그 편지를 받았다. 자기소개와 함께, 왜 자신이 인도에 가고 싶은지, 그 이유가 구구절절 적혀 있었다. '관광이 아니라 방랑을 하고 싶다'는 문장이 있었던 것도 기억난다.

그 밖에도 몇몇 전화나 전언, 팩스 등이 들어왔고, 꽤 느낌이 좋은 여학생도 신청을 했지만, 나는 왠지 유키에게 마음이 쏠렸다. 이 사람이 아니면 안 되겠다는 확신 같은 게 있었다.

유키의 편지에, 그 문장에, 그 언어에, 그리고 손으로 쓴 글씨 등에 나를 끌어들이는 자력 같은 게 있었다.

"남학생도 괜찮을까?"

내 말에 큰아버지는 눈썹을 꿈틀꿈틀해가며 의미심장한 웃음을 보였다.

"이건 복이 저절로 굴러든 거야. 인도는 베리 하드한 나라니까 보디가드가 필요하잖아."

"만일 여행 중에 그 사람을 좋아해버리면 어떡해?"

농담처럼 말했더니 큰아버지는 반색을 하며 껄껄 웃었다.

"그거야말로 일거양득이지. 인도에서 확실하게 네 사람으로 만들어. 평생 딱 한 번의 기회일지도 모르니까. 고토코, 잘해봐."

큰아버지는 이미 유키에 대해 잘 알고 있었다. 식당의 단골손님이었기 때문이다.

"정말? 나는 본 적도 없는데."

"그쪽에서는 이따금 네 얼굴을 봤고 인사 정도는 했다고 하던데?"

"나는 전혀 기억도 나지 않아."

폐점할 때쯤 유키가 나타나면, 큰아버지가 식당 문을 닫은 뒤에 근처 술집에 데려가 술잔을 주거니 받거니 하는 모양이었다.

"그 녀석이라면 두말할 것도 없어. 내가 보증하지. 심성이 곧고 선량한 녀석이야. 생긴 것과는 달리 아주 배짱이 두둑해. 아직 어린데도 근성이 있어. 어머니가 일찍 돌아가시고 홀

아버지 밑에서 컸다더라. 여동생이 하나 있다던가. 삼수를 했다니까 나이는 너보다 두 살 많을 게야."

그가 삼수를 한 것은 입시에 실패해서가 아니라 꼬박 2년 동안 낮에는 운송 회사, 밤에는 공사 현장에서 일하며 여동생 것까지 학비를 벌었기 때문이라는 것을, 나중에 유키의 아버지에게서 듣고서야 알았다. 그 무렵, 유키의 아버지는 '만성피로증후군'이라는 난치병에 걸려 다니던 증권사에서 정리 해고 대상에 오른 채 입·퇴원을 반복하고 있었다.

정기 휴일에 큰아버지의 식당에서 우리는 처음으로—정식으로, 라는 의미에서—얼굴을 마주했다.

"안녕하세요, 미야시타 고토코라고 합니다. 편지, 고맙게 잘 받았어요."

"니시지마 유키입니다. 아, 괜찮으시면 그냥 '유키'라고 불러주세요. 어디서나 그 이름으로 통하니까요."

"저는 고토코, 고토치, 고토린, 아무거나 좋으실 대로. 하지만 후텐 고토코만은 사양할게요."

유키는 빙긋이 웃었다. 그 웃는 얼굴이 왠지 판다를 연상시켰다. 큰아버지가 말했던 대로라고 생각했다. 큼직한 체격에 온화한 성품이 깃든 '판다 같은 녀석'이라는.

"미야시타 씨에게서 얘기는 많이 들었어요. 하루 세 끼 밥보다 여행을 더 좋아하는 조카따님이시라고."

"네, 근데 관광보다는 방랑을 더 좋아하죠. 아, 그보다 유키結城 씨는 이름이 좀 드문 한자네요."

"어머니가 유키 명주(유키結城 지방의 전통 특산물로, 작은 점무늬나 줄무늬의 질긴 명주—옮긴이) 짜는 일을 했었어요. 돌아가실 때 내가 다섯 살이었으니까 어머니에 대해서는 서글플 만큼 전혀 기억이 없지만요. 근데 여동생 이름도 유키有希, 희망을 가지라는 뜻에서 지었다는군요. 오누이가 둘 다 '유키'라니, 이상하죠?"

그제야 생각이 났다. 유키의 여동생은 나와 같은 고등학교의 한 학년 아래 후배였다. 야구부 매니저를 맡고 있고 남학생들 사이에서 인기 있는 여학생이었다. 마침 용기勇氣라는 말도 발음이 똑같이 '유키'였다. 내게 필요한 것은 그 용기라고 생각했다.

그래서 마음먹고 용기를 내어 말했다. 함께 인도에 가고 싶다는 간절한 소망을 담아서.

"인도는 먹을 것이며 마실 것이 몸에 맞지 않아 위장에 탈이 나는 사람이 많다던데, 유키 씨는 괜찮겠어요?"

"내가 남들에게 자랑할 만한 게 하나 있는데, 바로 잘 먹는다는 거예요. 뭘 좋아하냐고 물으면 '먹을 것'이라고 대답해요. 무슨 뜻인지 아시겠죠?"

"뭐든 잘 먹는다는?"

"네, 먹을 거라면 뭐든."

"잡식 동물?"

"그렇죠, 어떤 가난뱅이 여행도 견뎌낼 자신이 있어요."

우리는 함께 웃었다. 웃음소리 너머로 어떤 창문 하나가 바깥세상을 향해 두 팔을 쭉 펼쳐 활짝 열린 듯한 마음이었다. 그 창밖에 펼쳐진 것은 하늘, 그리고 나의 사랑이었다.

유키는 그때 어땠어? 사랑에 빠진 건 언제야? 나의 어떤 점에 끌렸어?

몇 번을 물어봐도 대답은 그때그때 달랐다. 손톱에 그림물감이 낀 것을 보고 뭔가 찡한 느낌이 왔다, 남자인지 여자인지 알 수 없는 중성적 매력에 넘어갔다, 허스키 보이스에 불길이 타올랐다……. 하지만 내가 믿기로 마음먹은 대답은 따로 있었다.

식당에서 너를 처음 본 순간, 한눈에 반해버렸어, 라는 대답.

유키와 사귄 것은 십대 후반에서 이십대 초반까지였다.

유키는 국립대학 경제학부, 나는 예술 계통의 사립대학에 다녔다. 대학 시절 4년 동안은 전부 '우리 둘의 시간'이었고 '우리 둘의 세계'였다.

대학은 졸업에 필요한 학점만 따자는 생각으로 우리는 틈만 나면 열심히 아르바이트를 했다. 좁은 자취방에서 소꿉장난에 빠진 어른들처럼 함께 울고 웃고 크게 싸웠다가 다시 화해하고, 서로의 꿈을 나누며 절약에 절약을 거듭해 돈을 모아서 방학만 되면 배낭을 메고 서둘러 나리타 공항으로 달려 갔다.

인도 다음은 스리랑카. 그다음은 중국. 그다음은 태국.

지프를 빌려 일주한 터키.

러시아와 동유럽. 아일랜드. 포르투갈. 핀란드.

다음은 어디로 가지?

어디까지 가지?

언제까지 돌아다니지?

돌아오는 비행기를 탈 때, 항상 다음 행선지를 정했다. 가고 싶은 나라는 신기하게도 둘이 항상 일치했다. 집에 돌아오면 베드사이드의 벽에 붙여둔 세계 지도를 손끝으로 짚어가며 우리가 갔던 도시와 마을에 빨간 핀을 꽂아나가는 게 큰 즐거움이었다. 이 세계 지도가 빨갛게 채워질 때까지 둘이 함께 여행을 하자고 약속하며 서로를 끌어안았다.

유키의 품에 안겨 있으면 나는 마치 러시아의 마트료시카 (대표적인 러시아 전통 인형. 몸체가 상하로 분리되고, 인형 안에 크

기가 더 작은 인형이 3~5개 반복되어 들어 있는 구조다—옮긴이)
인형처럼 그보다 한 단계 작아져서 바깥쪽을 그가 포옥 감싸
주고, 다시 좀 더 작아져서 그가 더욱 확실하게 포옥 감싸주
는 듯한, 한없이 편안한 마음이 들곤 했다.

나는 여행지에서 유키가 어처구니없어 할 만큼 수많은 사
진을 찍었고, 유키는 내가 감탄할 만큼 꼼꼼하고 상세하게 여
행 일기를 썼다.

유키가 글로 남긴 여행의 한 장면 한 장면을 나는 실제 여
행과 똑같이 사랑했다. 책장 귀퉁이에 늘어선 유키의 여행 기
록을 꺼내 한 장 한 장 넘기노라면 비좁은 자취방에서도 마법
양탄자를 타고 어디든 날아갈 수 있었다.

이를테면 갠지스 강변까지.

그곳에 달라붙듯이 서 있는 다 쓰러져가는 허름한 숙소, 그
지저분한 창밖으로 내다보이는, 이 세상 것으로 생각되지 않
을 만큼 아름다운 석양 아래까지.

이를테면 이스탄불의 보스포루스 해협까지.

아시아와 유럽, 양 대륙을 내다볼 수 있는 갈라타 브리지
옆에 밀치락달치락 늘어선 포장마차에서 그날 첫 먹을 거리
를 놓고 마주 앉은 우리 두 사람의 초라하고 행복한 식탁 위
까지.

대학 4학년 때의 여름 끝 무렵이었다.

캠핑카를 빌려 오스트레일리아를 돌고 난 뒤, 시드니에서 나리타로 돌아오는 비행기 안에서 유키가 내게 물었다.

"겨울방학에는 어디로 가지?"

"유키가 가고 싶은 곳이라면 어디든 좋아."

"올해의 마지막 여행이 되겠다."

"응, 하지만 새해를 시작하는 여행이기도 해. 올해도 외국에서 둘이 함께 연말연시를 보내게 될 테니까. 그나저나 다음에는 어디로 가고 싶어?"

"고토코가 가고 싶은 곳이 내가 가고 싶은 곳."

"그럼…… 모로코는 어떨까?"

"모로코에 가서 낙타를 타고 사하라 사막의 최북단까지 돌아볼까?"

"좋아, 모로코로 결정!"

우리는 항상 그렇듯이 서로 손바닥을 내밀어 하이파이브를 하며 웃었다. 그것이 우리 두 사람의 '마지막 여행'이 되리라는 것도 알지 못한 채.

크리스마스이브 전날에 우리는 길을 떠났다.

가장 싼 티켓으로 파리까지 날아가 거기서 기차를 타고 남하해 스페인을 종단. 이틀 동안 열차에 흔들리며 마침내 도착

고데마리 루이

한 항구 도시 알헤시라스에서 페리보트로 갈아타고 바다를 건너자 그곳은 이미 아프리카 대륙이었다.

탕헤르에서 일박한 뒤, 버스와 열차를 갈아타며 도시에서 시골 마을로, 시골 마을에서 도시로, 신시가지에서 구시가지로 여행을 계속했다.

자칭 정부 공인 가이드라는 가짜 가이드에게 걸려 돈을 뜯기기도 하고, 호텔이 잡히지 않아 난방도 안 되고 온수도 나오지 않는 비좁은 방에서 다른 여행자들과 함께 끼어 자기도 하며 우리는 가난한 여행을 즐겼다.

모로코에서는 좋아하는 것 세 가지를 발견했다.

첫 번째는 모로코 풍의 키스 인사. 뺨과 뺨을 비빈 뒤에 다시 양쪽 뺨에 두 번씩 키스한다. 그래서 인사하는 데 상당한 시간이 걸린다.

두 번째는 모로코 남자들이 입는 망토. 담요처럼 두툼한 천으로 만든 후드 달린 망토였다. 즉각 유키를 위해 시장에서 적당히 맞는 걸로 한 벌 구입했다.

그리고 따스한 중국 녹차를 따른 유리잔에 푸릇푸릇한 민트 잎을 꾹꾹 눌러 넣어서 만드는 민트 티.

걷기에도 지치면 카페나 레스토랑에 들어가 우리는 우선 미치게 달달한 그 차를 주문했다.

"이게 뭐야, 지독히 달아."

"설탕을 너무 많이 넣었나 봐."

그러면서 처음에는 얼굴을 찌푸렸지만, 모로코의 강렬한 햇볕에 지쳐버린 몸에는 이 달콤함이 큰 효과가 있다는 것을 서서히 알게 되었다.

머리 위로는 새파란 하늘이 펼쳐지고 태양은 온종일 대지를 꿰뚫을 듯이 쨍쨍 내리쬔다. 하지만 나무 그늘에 자리를 잡으면 믿을 수 없을 만큼 서늘한 공기가 피어오른다. 지중해의 향기를 실어 오는 바람을 맞으며 그 나무 그늘에서 우리는 싫증 나는 일도 없이 멍하니 바라다보곤 했다.

거리를 오가는 사람들, 동물들, 새들, 가축들.

당나귀가 끌고 가는 수레.

온통 검은 의상으로 몸을 감싼 베르베르 족의 여자들.

가로수로 심어놓은 레몬이며 오렌지 나무.

나뭇가지가 부러질 듯이 주렁주렁 열린 과실.

환한 노란색과 오렌지색이 하늘의 푸른빛과 어우러져 눈이 부셨다.

테이블마다 놓인 꽃병에 아무렇게나, 그야말로 사치스럽게 꽂혀 있는 심홍색 장미 다발.

은쟁반을 손에 들고 손님들의 테이블 사이를 누비며 과자를 파는 소년.

그 은쟁반 위에 아몬드 쿠키, 코코넛 쿠키, 흰 설탕을 듬뿍 뿌린 쿠키, 삼각 파이 모양으로 구운 '바클라바'라는 이름의 과자.

그런 것들이 마치 양탄자의 기하학무늬처럼 질서 정연하게 담겨 있어서 보기만 해도 흠뻑 빠져버렸다.

테이블 위에 노트를 펴고 일심불란하게 글을 써 내려가는 유키의 옆얼굴.

아실라, 메크네스, 페스, 타자, 라바트, 마라케시, 우아르자자트, 자고라. 도쿄에 돌아가면 우리가 빨간 핀을 꽂게 될 도시의 이름들이었다.

새해는 마라케시에서 맞이했다.

아침 햇살이 쏟아지는 호텔 방 창문으로 보이는 것은 야자나무 가로수와 모스크(이슬람교의 예배당―옮긴이). 아득히 저 너머에 하얀 눈을 머리에 인 아틀라스 산맥. 우리는 렌터카로 산을 넘어 사하라 사막의 최북단까지 갈 계획을 세웠다.

"좀 늦기는 했지만 내가 주는 크리스마스 선물이야."

물고기 모티프가 이어진 팔찌를 발견해 유키가 내게 선물해준 것은 마라케시의 구시장(메디나)에서였다. 그 무렵 나는 액세서리는 모조리 바다 이미지로 통일하고 있었다. 산호

나 조개로 만든 브로치, 별 모양의 유공충 석회암 귀걸이, 진주 목걸이와 한 세트였던 머리핀. 액세서리뿐만 아니라 물고기 모양이 딸린 물건은 무엇이든 좋았다. 내 별자리가 물고기자리였으니까. 언제부터인가 나는 바다를 잊어버린 물고기가 되었지만.

"고마워, 유키. 평생 소중히 간직할게."

나는 유키의 뺨에 모로코 식으로 키스하며 감사했다.

1월 13일, 모로코를 뒤로한 채 우리는 다시 페리보트를 타고 스페인으로 돌아왔다.

그 배 위에서 한 여행자를 만났다.

그의 이름은 빌. 별명이 '와일드 빌'이고 그 이름대로 와일드한 여행을 하는 미국인 현역 히피였다. 여름에는 알래스카에서, 겨울에는 플로리다에서 집중적으로 일해 여행 경비가 모아지면 두세 달 동안 여행에 나선다. 그는 "죽기 전까지 전세계의 땅을 내 눈으로 보는 것이 인생의 목표"라고 말했다.

"그래서 결혼도 하지 않았어. 연인도, 가족도, 집도 필요 없어. 여행이 나의 동반자야. 그렇게 생각하며 45년을 혼자 살아왔어. 하지만 때때로 부러운 마음이 들기도 해. 당신들 같은 커플을 만나면."

그런 그가 우리를 만난 기념으로 선물해주겠다며 들려

준―거짓말인지 진짜인지 알 수 없는, 하지만 믿고 싶은, 믿어버리고 싶은―옛날이야기가 있었다.

"이 지구 상에는 세 군데, 매우 강한 소용돌이 상태의 에너지를 발하는 장소가 있어. 이집트의 피라미드, 페루의 공중 도시(마추픽추), 그리고 과테말라의 아티틀란 호수. 아직 가본 적이 없다면 반드시 그곳에 가보는 게 좋아. 나? 나는 두 군데는 가봤어. 하지만 과테말라에는 아직 못 갔지. 당신들처럼 쌍둥이같이 사이좋은 연인은 과테말라에 반드시 가봐야 해."

세계에서 가장 아름다운 호수라는 아티틀란. 거기서 살고 있는 '호수의 성인'을 만나보라는 것이었다.

"그 성인에게 달콤한 초콜릿을 바치고 소원을 빌면 두 사람은 영원히 맺어질 수 있어. 설령 죽음이 둘 사이를 갈라놓더라도 그 영혼과 영혼은 영원히 헤어지는 일이 없어."

(어제에 이어서 오늘 다시 쓰고 있는 중이야.)

고토코가 작년에 남편과 헤어졌다는 소식은 바람결에 들었어.

고토코도 잘 알고 있듯이 미야시타 씨는 내게 절교를 선언했지만, 여동생이 고교 선배를 통해 소식을 듣고 내게 알려줬지.

이혼했다는 말을 들었을 때는 당장이라도 연락하고 싶어서 견딜 수 없을 정도였어.

몇 번이나 수화기를 들고 미야시타 씨네 전화번호를 눌렀다
가 다시 내려놓고, 또 수화기를 들고 전화번호를 눌렀다가 내
려놓고, 정말 몇 번이나 그 짓을 되풀이했는지.

바보 같은 인간이라고 비웃어도 어쩔 수가 없다.

다만 나 자신에게 항상 다짐해온 것이 있었어. 사람과 사람의
만남은 직감에 따라 정해지는 것이라서 충동적으로 '이 사람
이다'라고 정해버려도 괜찮지만, 이별에는 충분히 시간을 들
이지 않으면 안 된다는 것.

내가 그렇게 하지 못한 탓에 나 자신에게도, 그리고 타인에게
도 큰 상처를 입혔으니까. 고토코뿐만이 아니라 예전의 아내에
게도.

고토코와 헤어진 뒤 나는 종합상사에 취직해 1년 반 만에 발
령을 받고 미국에서 주재원 생활을 시작했어. 상실감과 고독
을 견디지 못하고 거기서 내 가까이에 있던 그녀를, 더구나 고
토코와 어딘지 닮았다는 이유로 좋아해버렸어(그녀는 중학교
때부터 미국에서 자란 일본인 사진작가야).

솔직히 얘기할게. 나는 그때 나름대로 그녀를 사랑했고 그렇
기 때문에 그녀와 함께하고 싶었어. 그 마음에 거짓은 없었어.

하지만 그건 아무래도 잘못된 판단이었어. 내가 잃어버린 것
을 메워보려는 보상 심리에 따른 결혼이었으니까.

그것을 깨달았을 때 나는 그녀에게 모두 털어놓았고, 그녀의 양해를 얻은 끝에 짧은 결혼 생활에 마침표를 찍었어.

다행이라고 말하면 참으로 염치없는 소리지만, 우리는 미국에서 작은 파티를 열었을 뿐 일본에서는 결혼식도 혼인신고도 하지 않았고, 그녀는 그 뒤에 곧바로 새 연인을 찾았어(지금도 우리는 친구로서 이따금 만나고 있어). 그래서 그 상처는 고토코보다는 크지 않았을 거라고 생각해.

고토코가 내 결혼 소식을 듣고 과연 어떤 심정이었을지 생각하면 지금도 가슴이 미어지는 것만 같다.

다만 한 가지, 뻔뻔스러운 변명을 해도 된다면, 내 마음속에서는 미국에 건너온 후에도 고토코와는 '도저히 헤어질 수 없는' 상태였어. 아마 그래서 더더욱 모든 것을 훌훌 털어버리려고 그녀에게로 달려갔던 것 같아.

나도 참 한심하지?

헤어질 때는 충분히 시간을 들이는 게 좋다고 다짐한 건 그런 이유 때문이야.

그래서 고토코의 이혼 소식을 들었을 때, 적어도 1년 동안은 기다려야 한다고 생각했어. 1년이 지난 뒤에 고토코에게 편지하는 것을 나 스스로에게 허락하기로 한 거야. 하긴, 그렇게 생각했으면서 실제로는 열 달밖에 기다리지 못했지만.

고토코가 내 뒤를 따르듯이 중매결혼을 했다고 들었을 때, 좋아해야 할지 슬퍼해야 할지 정말 알 수가 없더라.

다만 결혼 상대가 유럽에 유학했던 사람이고, 고토코의 텍스타일 디자인 공부를 후원할 만큼 경제적인 여유와 너그러운 포용력을 가진 사람인 것 같다는 말을 여동생에게서 듣고, 복잡한 심경 속에서도 나는 고토코의 행복을 진심으로 빌었어.

고토코의 결혼은 왜 무너졌을까.

실은 며칠 전, 과테말라에 오기 전에 마음을 굳게 먹고 미야시타 씨에게 연락했었어.

"이번에 일본에 들어오면 실컷 두들겨 패줄 테니까 좀 보자."

"이제 시효가 지났습니다."

내가 그렇게 말씀드렸더니 조금은 마음이 풀리신 것 같은 눈치더라.

그 전화 통화에서 미야시타 씨는 고토코의 이혼 사유에 대해 "나이 차가 많았던 것과 이른바 성격 차이였던 것 같다"고 하셨지만, 아마 그것만은 아니겠지. 이별의 이유는 당사자밖에는 모르는 것이니까.

고토코, 부디 그 사람과의 이별에 충분한 시간을 가졌으면 좋겠다.

만일 아직도 그 사람이 마음속에 있다면 그 마음을 억지로 닫아걸거나 잘라내려고 하지 않았으면 해. 왜냐하면 사람과 사람은 결혼이니 이혼이니 하는 제도로 그리 쉽게 맺어지거나 헤어질 수 있는 게 아니니까.

사람의 인연이란 어떤 형태나 제약에 끼워 맞춰지는 것도 아니고 속박당하는 것도 아닌, 바람 같고 물 같고 빛 같은 감정이자 마음이고, 서로의 마음을 비추는 거울이야. 아마도 그런 것이 사랑이 아닐까. 건방진 소리 같지만, 나는 그렇게 생각해.

그러니까, 고토코.

언젠가 우리가 예전처럼 웃으며 서로 이야기할 수 있는 날이 오고, 내게 그런 이야기를 하고 싶은 마음이 든다면, 언제든지 마음 놓고 말해줬으면 해. 나도, 그리고 고토코도, 우리 서로 이야기를 나누자. 사랑에 대해서, 지금까지 살아오면서 깨달은 것, 깨닫지 못한 것에 대해서 서로 이야기하고 나누자. 나는 그러기를 간절히 바라고 있어. 다시 만날 날이 오기를, 만나서 마음껏 이야기할 수 있는 날이 오기를.

이 편지를 보내고, 1년이든 2년이든 기다릴 생각이야.

나는 틀림없이 여기에 있을 거고, 항상 너를 기다릴 거야. 벌써 12년을 기다렸으니 앞으로 몇 년이 됐든 기다릴 수 있어.

그러니 언젠가는 꼭 답장해주기를 바란다.

호수의 성인에게 오늘 베네수엘라산 최고급 초콜릿을 올리고 왔어. 성인이 있는 장소는 해마다 달라진다고 해서 찾아내기까지 반나절 넘게 걸렸지만, 틀림없이 찾아가서(마을 아이들에게 뇌물을 듬뿍 안겨주고 안내해달라고 했어) 분명하게 소원을 빌고 왔으니까 아마 다 잘될 거야.

그리고 조금 이르기는 하지만 크리스마스 선물도 편지에 함께 보낸다. 부디 고토코의 마음에 드는 선물이기를!

내일은 차로 과테말라시티에 돌아가서 일박한 뒤에 뉴욕으로 날아가 시카고로 갈 예정이야.

혹시 마음이 내킨다면 휘익 찾아와도 돼. 미국도 그리 나쁘지는 않아. 음식은 죄다 맛이 없고 땅덩어리는 어처구니없이 크기만 해서 별 재미는 없지만 사람들은 꽤 재미있어. 세계 각국에서 온 사람들이 모여 사니까.

뉴욕시티는 분명 고토코에게는 자극적인 곳이 될 거야.

언젠가 고토코와 함께 그랜드캐니언을 보러 갈 수 있으면 좋겠다.

그리고 이집트의 피라미드도, 페루의 마추픽추도.

편지는 거기서 끝이 났다. 느닷없이.

안녕, 이라는 인사도, 자신의 이름을 적는 일도 없이.

얼른 봉함해서 우체통에 넣고 싶었던 것일까. 다시 읽어보고 내용을 수정해가며 이래저래 고민하는 걸 피하려고?

마지막 3분의 1쯤 남겨진 여백.

그곳에는 끝나지 않은 것이 분명하게 존재하고 있었다.

젊은 우리가 미처 끝을 맺지 못한 채, 그렇다고 키워나가지도 잘라내지도 못한 채 가슴 깊은 곳에 꽁꽁 담아두었던 것이 그 여백에 살아 있는 것 같았다. 생명이 없는 것에도 오래도록 살아남는 힘이 있는 것이다.

편지 안에 끼워져 있는 반으로 접힌 두툼한 포장지.

테이프를 떼고 펼쳐 보니 작은 비닐 봉투에 팔찌가 들어 있었다.

물고기 모양의 모티프가 연결되어 있는 것을 본 순간, 내 뺨을 타고 눈물이 흐르는 것을 알았다.

유키는 기억하고 있었다.

기억해주고 있었다.

잊지 않고 있었다.

이별은 대체 어디에서 왔을까.

어느새 그렇게 우리 바로 옆에까지 바짝 다가와 있었을까.

우리는 모로코를 뒤로하고 스페인의 말라가에서 파리로 향하는 열차 안에 있었다.

"다음 여행지는 반드시 과테말라로 하자. 빌이 추천해준 호수의 성인을 만나러 가야지. 2월에 가자. 졸업 기념 여행으로!"

천진하게 말하는 나에게 평소와 다름없는 침착한 말투로 내가 가장 좋아하는 판다의 웃음을 지으며 유키가 대답한 한마디.

"2월에는 좀 어려울 수도 있는데."

지금도 믿을 수가 없다. 단지 그것뿐인 말 한마디가 계기가 되어 우리의 이별로 발전해버렸다니.

"왜?"

"전에도 잠깐 말했지만, 아마 2월에서 3월까지는 여행 같은 거 할 겨를이 없을 거야. 이번에 취직한 회사에 정식 출근하기 전에 이래저래 준비할 일이 산더미 같아. 주식과 증권쪽도 공부해야 하고 영어 회화 학원에도 다녀야 해. 고토코도 미리 마음을 다잡는 게 좋아. 우리, 직장 생활 시작하면 지금처럼 마음 내키는 대로 살 수는 없잖아."

대학을 졸업하면 유키는 종합상사에 다니고, 나는 아르바이트를 계속하면서 1~2년 더 전문학교에서 텍스타일 디자인 공부를 하기로 했다. 그래서 나도 머리로는 알고 있었다. 유키가 하는 말이 어떤 뜻인지.

아니, 실제로는 아무것도 실감하지 못했었는지도 모른다.

그저 마음에 드는 장난감을 갑작스레 빼앗긴 어린아이 같은 기분이었다.

나는 다그치듯이 대꾸했다.

"무슨 소리야? 그거 이상해. 취직을 했다고 갑작스럽게 삶의 방식을 바꾸다니, 진짜 이상하잖아. 게다가 온통 회사 중심으로 살아가는 건 전혀 너답지 않아. 양복도 넥타이도 어울리지 않는단 말이야. 아예 직업을 갖지 않는 건 어떨까? 취직 같은 거 하지 말고, 우리 둘이 유럽을 일주하면서, 돈이 떨어지면 더부살이든 뭐든 일하면서 아무튼 자유롭게 살아가는 게 좋잖아."

"그건 안 되지."

"왜?"

여행을 좋아하고 자유를 사랑하고 어느 것에도 얽매이지 않는 삶이 좋다고 둘이 함께 주문처럼 외쳐왔다. 지금까지의 그런 나날은 모두 환상이었을까. 깨지 않는 꿈이라고 믿었던 것은 나뿐이었던 걸까.

"꿈꾸는 것도 중요하지만, 현실도 똑바로 봐야지. 우리 둘 다 계속해서 꿈만 꾸다가는 결국 둘이 함께 무너지게 돼. 그러니까 적어도 나만이라도 제대로 된 회사에 취직해서 결혼도 하고……."

"아니, 미리 말해두겠는데 난 유키에게서 생활비 타서 쓸 생각, 전혀 없어."

"내 얘기는 그런 게 아니라……."

"그럼 대체 무슨 얘긴데?"

"무슨 얘기라기보다 나는 그냥 우리 두 사람의 미래에 대해서……."

"아아, 진짜 실망이야. 유키는 속물적인 상식이나 제도에 따라, 세상의 규칙에 따라 답답한 인생을 살 거야? 평생 샐러리맨으로 회사에 매여 있는 게 좋아? 나는 그냥 평범한 주부가 되고?"

"그런 게 아니야."

"그럼 뭐냐고."

"됐다, 됐어. 그럼 너는 네가 하고 싶은 대로 해. 나는 내가 하고 싶은 대로 할 테니까."

둘 중 한 사람이 어딘가에서 적당히 제동을 걸어 "우리, 이쯤에서 관두자"라는 말을 했다면 아마 우리는 헤어지지 않았을지도 모른다.

스물한 살과 스물네 살이던 우리는 그걸 하지 못했다. 좋아하는 마음이 너무 커서, 그때까지의 하루하루가 너무 행복해서, 여행의 추억이 너무 많아서, 지나치게 순수하고 올곧아서,

너무 어려서…….

우리는 서로에게 어리광을 부렸던 것이라고 생각한다. 노력하지 않아도, 내버려두어도, 지속될 거라고 믿었다. 민트 티처럼 지독히 달콤한 이 꿈같은 나날이 영원히.

말다툼 뒤에 펑펑 울고 어색한 분위기에 휩싸인 채 파리를 떠났다. 나리타 공항에 도착했을 때 나는 퍼뜩 깨달았다.

"유키, 어떡해. 나, 팔찌 잃어버린 거 같아."

어디서 떨어뜨렸을까. 대체 어디서? 짐작도 가지 않았다. 모로코의 마라케시에서 유키가 사준 크리스마스 선물. 줄곧 왼쪽 손목에 차고 있었다고 생각했는데.

모로코에서 스페인으로 돌아오는 배 위에서는 분명하게 아직 내 손목에 있었다. 배 위에서 만난 와일드 빌에게 내가 그 팔찌를 자랑했었다. 이거, 유키가 준 선물이야. 멋있지, 하고. 열차가 파리에 도착해서 역 구내의 세면실에 갔을 때도 아직 있었다. 하지만 그다음부터 기억이 뚝 끊겨버렸다.

귀국 전날 밤, 파리의 싸구려 숙소에 풀어놓고 깜빡 잊고 온 것일까. 열차 안에서 시작된 말다툼을 수습하지 못한 채, 트윈 베드에서 서로 등을 돌리고 잠들지 못하는 밤을 보냈다. 결국 그 차가운 호텔의 베드사이드에 팔찌를?

"미안해, 유키."

세관 검색대 앞에 줄을 서서 반쯤 울먹이는 내게 유키는 말했다.

"신경 쓸 거 없어."

"일부러 사줬는데."

"신경 쓰지 마. 잊어버려."

나중에 그 팔찌를 떠올리며 얼마나 많이 후회했는지 모른다. 그 여행이 우리 둘의 마지막 여행이 된 것은 내가 팔찌를 잃어버렸기 때문인 것만 같았다. 나는 그 팔찌뿐만 아니라 동시에 좀 더 소중한 것까지 잃어버린 것이다. 잃어버린 것조차 깨닫지 못한 채. 유키는 신경 쓰지 않아도 된다고 몇 번이나 말했지만, 마음속으로는 깊이 실망했던 게 아닐까. 아무리 후회해도 아쉽기만 한 내 인생 최대의 분실물이었다.

그런데 그 팔찌가 돌아왔다.

12년이 지난 오늘, 지구 반대편에서 하늘을 날아 내게로.

다시 만났어, 유키.

우리, 이렇게 다시 만났어.

나는 왼쪽 손목에 팔찌를 차고 자리에서 일어나 방 안쪽의 장롱을 열고 선반에서 가방을 꺼냈다. 2~3년 전부터 여행 가방으로 쓰고 있는 오렌지색 토트백. 이 가방에 갈아입을 옷과 책, 유키에게 선물하고픈 흰색 노트북, 그리고 터질 듯 두툼한 답장 편지를 넣고, 나는 그를 만나러 가리라.

가방을 품에 안고 나는 사랑하는 이에게 말했다.

너무 오래 기다리게 해서 미안해, 유키.

지금 갈게.

이제 더 이상 무거운 배낭은 짊어지지 않을래. 그 대신 내 등에 생긴 날개를 펴고 날아갈 거야. 바람을 타고, 바다를 건너, 너의 품속으로.

노나카 히라기

블루문

달이 둥그렇다. 보름달일까. 하지만 조금 모자란다. 완전한 원이 아니다. 차오르는 참일까 아니면 기우는 참일까.

윤곽이 번진 채 은은한 빛을 내뿜는 달.

걸어도 걸어도 한없이 따라온다. 밤하늘을 향해 고개를 젖히고 바라보았더니 땅바닥에서 다리가 살짝 떠오르는 것 같다.

달빛이 나를 감싸고 온몸이 시원해진다. 동시에 심장의 일부가 타오르는 것 같다. 눈을 감으면 가슴속의 자그마한 불길이 보인다. 하늘하늘, 하늘하늘, 흔들리고 있다. 밤길을 비추는 횃불처럼.

멀리에 있는 나의 연인.

중얼거려본다.

달처럼 멀다. 그러면서도 한없이 따라온다.

방금 전까지 나는 그와 함께 있었다. 바의 카운터에 둘이 나란히 앉아 있었다. 아다치 씨. 그게 그의 이름.

"알고 있어?"

그가 말했다.

"파리에는 여자의 침실을 이미지화한 베이커리 숍이 있대."

"여자의 침실?"

내가 물었다.

"응. '과자는 침대에서야말로 맛있는 것'이라는 콘셉트로 여자의 침실을 이미지화한 생과자 쇼케이스를 만들었다는 거야."

"……와아."

어떤 침실일까. 어떻게 생긴 침대일까. 크기는? 소재는? 시트 색깔은? 매트의 탄력은? 잠깐 동안 나는 이런저런 상상에 빠져버렸다. 그걸 꿰뚫어본 듯이 그는 장난꾸러기 같은 웃음을 지으며 말했다.

"안타깝게도 침대는 갖다 놓지 않았다는데?"

"엥?"

"침실 이미지라고 해도 역시나 베이커리 숍에 침대까지 디스플레이하지는 않아."

"……그래?"

왠지 얼굴이 붉어졌다. 그 즉시 손에 든 유리잔에 눈길을 던지기는 했지만 내 옆얼굴을 지그시 바라보는 그의 시선이 느껴졌다.

파리의 그 제과점은 검은색을 기조로 꾸며놓은 가게라고 한다. 고급 보석점처럼 시크한 인테리어로, 침실 이미지 코너에는 풍성한 주름을 넣은 레드골드의 새틴 커튼을 달아두었다는 것이다. 관능적인 분위기를 풍기도록.

"멋있다."

나는 말했다.

"꽤 재미있지? 그 제과점의 파티시에가 피에르 에르메 밑에서 배운 사람이라니까 분명 솜씨도 뛰어날 거야."

"와아, 가보고 싶네."

"그럼 가자."

미소를 지으며 그는 말했다.

언젠가 함께, 라고.

응, 꼭. 나는 대답했다.

그게 실현될까. 모르겠다. 우리는 지금까지도 다양한 약속을 해왔다. 바의 카운터에서. 기분 좋은 취기에 기대어.

이를테면, 한겨울에 뉴욕에 날아가 록펠러센터의 크리스마스트리를 보고 그 참에 스케이트도 타고 오자든가, 알래스카로 여행 가서 오로라와 고래를 구경하자든가, 런던의 벼룩시장에 가서 신기하고 값싼 골동품을 찾아내 도쿄에서 열 배 가격으로 팔아먹자든가.

실현되느냐 마느냐 따위, 상관없다. 굳이 말로 할 것도 없이 아마도 그게 우리의 본심일 것이다. 설령 이루어지지 않더라도 소망을 입 밖에 내어 약속하는 일이야말로 소중한 것이다. 그걸로 충분히 만족스럽게 채워진다. 행복해질 수 있다.

처음 만난 게 1년 반쯤 전이던가.

역시 그 바의 카운터에서였다.

내가 바의 가장 안쪽 자리에서 혼자 술을 마시고 있으려니 어느새 그가 곁에 와 있었다. 그야말로 '어느새'라는 느낌이었다. 문득 깨달았을 때는 내 옆에 나란히 앉아 비슷한 페이스로 잔을 기울이고 있었다.

맨 처음 나눈 말은 이미 생각나지 않는다. 아마도 둘 중 누군지도 모르게, 지극히 자연스럽게, 마음 편하게, 말을 건넸던 것이리라. 우리는 기분이 좋았다. 많이 웃었다. 영화며 책이며

노나카 히라기

음악이며, 일상생활에서 벗어난, 하지만 상대를 알기에는 어떤 의미에서 가장 최단 코스의 화제로 둘 다 신이 나 있었다. 나와 그는 취향이 비슷했다.

"전에도 당신을 여기서 본 적이 있는데."

서로 친근함을 느끼기에 충분한 시간이 지난 다음 그가 말했다.

"그때는 혼자가 아니었어. 동행이 옆에 있었지."

분명 내가 그 바에 맨 처음 찾아갔을 때의 얘기다. 회사 동료가 청해서 호기심에 가본 것이다. 칵테일도 맛있지만 따로 주문하면 초콜릿도 내준다는 얘기를 들었다. 여자 둘이서 샴페인을 마셔가며 허브와 과일 페이스트가 들어간 쇼콜라를 즐겼다.

그날 밤 이후 나는 혼자서도 이 가게를 찾게 되었다. 술과 초콜릿의 조합에 완전히 매료되었기 때문이다. 알코올과 카카오의 다부진 강력함. 달콤한 취기에 몸을 맡기면 하루의 피곤이 스르르 녹아내린다.

"내가 초콜릿을 좋아해서."

그는 말했다.

"단것을 좋아하는 남자가 실은 상당히 많아. 하지만 어쩐지 남자들끼리는 이곳에 오지 않게 되더라고. 남자 두세 명이 술을 마시면서, 이 쇼콜라가 맛있네, 저 쇼콜라가 더 맛있네, 하고 있으면 뭔가 이상하잖아. 아무래도 오해를 받을 것 같지 않아?"

농담처럼 내뱉는 그의 말에 나는 순순히 웃음이 터졌다.

그리고 그 뒤에도 몇 번 바에서 얼굴을 마주하는 사이에, 위스키야말로 쇼콜라와 궁합이 잘 맞는다는 것을 배웠다.

샴페인? 물론 샴페인도 나쁘지는 않다. 하지만 몰트의 진한 향기가 로스팅한 카카오의 살짝 탄 농후한 풍미와 뒤섞일 때 혀에 느껴지는 쾌락과는 도저히 상대가 되지 않는다. 저도 모르게 황홀해진다. 질 좋은 소금이나 참깨를 조금 넣어주면 쇼콜라의 맛이 한층 살아난다는 것도 알았다. 자신의 지식을 자랑하려는 것도 아니고 그저 무심하게 그는 초콜릿 맛있게 먹는 법을 일러주곤 했다.

"와아, 진짜 좋아하는 모양이네."

언젠가 반쯤 어이없어하며 중얼거렸더니 그는 위스키를 꿀꺽 마시고 대답했다.

"음, 그럴지도."

아다치 씨. 그게 그의 이름.

나보다 연상. 아마도 다섯 살쯤? 내 추측이 맞는다면 지금

서른일고여덟 살쯤일까. 키가 크고, 머리는 짧고, 검은 계통의 캐주얼한 옷차림인 경우가 많다. 양복에 넥타이를 매야 하는 직업은 아닌 모양이다.

물론 직접 물어봐도 상관없는 일이다. 나이도, 직업도, 어떻게 살아가고 있는지도. 결혼했어? 아이는 있어? 어디서 살아?

알고 싶다는 생각이 들 때도 있다. 하지만 알지 못해도 상관없다는 마음이 더 강하다. 그는 나를 '야카와 씨'라고 부른다. 야카와. 그게 내 이름. 그도 나에 대해서 그 이상은 알려고 하지 않는다. 딱히 아무것도 묻지 않는다.

그의 왼손 약지에도, 내 왼손 약지에도, 반지는 없다. 아니, 그렇다고 반드시 독신이라고는 할 수 없다. 결혼하고도 반지를 안 끼는 남자가 적지 않다. 나만 해도 결혼까지는 골인하지 못했지만 남자 친구와 동거하던 시기에 왼손 약지에 '특정한 사람이 있습니다' 하고 세상에 선언하는 듯한 반지는 끼고 다니지 않았다. 결국 그 남자 친구와는 몇 년 전에 헤어져버렸지만.

아다치 씨. 열흘에 한 번쯤 바에서 마주칠 뿐인 사람.

우리 둘 중 누군가가 이 바에 발길을 끊는다면 더 이상 만날 일도 없을 것이다. 전화번호도 교환하지 않았다. 바에서 헤어지는 참에 다음에 만날 약속을 했던 적도 없다. 아다치 씨와 나의 아주 잠깐의 데이트는 언제라도, 어쩌다 바에서 옆에 나란히 앉은 우연 같은 만남이었다.

우리는 지금까지 다양한 약속을 해왔지만, 아직 이런 대화를 나눈 일이 없는 것이다.

"또 만나."

"좋아, 언제?"

어째서일까. 우연에만 기대는 그 아슬아슬함이 재미있어서? 물론 그것도 있다. 상대를 보다 깊이, 구체적으로 알려고 하지 않는 것은, 아마도 무서워서?

인정하고 싶지는 않지만 그럴지도 모른다. 어쩌면 우리는 깊이 빠져들고 싶지 않은 것이다. 서로가 서로에게 끌리면서도 그다음으로 나아가려고 하지 않는다.

타인의 영역에 들어서는 것은 용기가 필요한 일이다. 내 마음을 활짝 여는 것은, 한 번이든 두 번이든 진짜 연애를 경험한 적이 있다면—그 끝에 소중한 누군가와 헤어져버린 일이 있다면—겁이 나는 것도 어쩔 수 없다. 쉽사리 타인과의 거리를 좁히지 못하는 건 당연한 게 아닐까.

사랑의 달콤함 속에는 실은 지독히 복잡하고 번거로운 배합의 향신료가 뒤섞여 있다. 그 하나하나를 맛보는 데는 상당한 에너지가 필요하다.

그래서일까. 초콜릿은 알코올과 함께 먹는 것이 좋다. 적당히 얼근한 취기가 미각을 예민하게 돋워주고, 그와 동시에 카카오나 향신료의 여운은 혀끝에 적절한 정도로 남겨준다.

아다치 씨. 나는 그 사람이 정말 좋다. 이따금 만날 수 있는 것만으로도 좋다. 그와 함께 별스러울 것 없는 이야기를 나누고, 위스키를 마시고, 쇼콜라를 먹고, 잠시 한때를 보내는 것은 내게는 큰 사치다.

내일도 살자. 모레도 살자.

다시 그를 만날 수 있는 밤까지.

그런 생각이 든다.

토요일, 자그마한 친구를 만났다.

자그마한 여자애의 자그마한 손. 내 손안에 쏙 들어오고 땀에 젖어 약간 눅눅하다. 그 따스함, 보드라움.

우리는 벌써 세 시간 넘게 정처 없이 거리를 돌아다녔다.

"피곤해?"

내가 물어도 그녀는 고개를 가로젓는다.

"아니, 전혀."

"노에, 터프하구나."

내가 말하자 그녀는 말끝을 올려 앵무새처럼 중얼거렸다.

"터프하구나?"

무슨 뜻이냐는 질문이라는 건 알았지만, 대답하기가 번거로워서 아무 말 하지 않고 있었더니 그녀도 더 이상 캐묻지 않았다.

터프한 여자애는 좋구나, 참 좋아, 하고 나는 생각했다. 꾸욱 힘주어 노에의 손을 잡았더니 무언의 암호처럼 그녀도 마찬가지로 내 손을 꼭 쥐었다. 문득 얼굴을 마주 보며 웃음을 주고받았다.

눈썹 위로 맞춰 반듯하게 자른 앞머리. 바람이 불면 하얀 이마가 보였다. 면 셔츠에 타탄체크 치마를 받쳐 입고, 가느다란 다리에는 빨간색 긴 양말. 검은 로퍼를 신은 발로 아스팔트를 툭툭 차듯이 걷는다.

노에는 다섯 살. 내 친구의 딸이다.

"하루만 우리 애 좀 봐줄래?"

친구의 부탁을 받고 좋다고 받아들였다. 어차피 한가한 토요일이다. 회사도 쉬는 날. 데이트 예정이 있는 것도 아니다. 가끔씩은 자그마한 여자애와 함께 시내에 나가 쇼핑을 하는 것도 나쁘지 않다. 애초에 노에와 나는 죽이 잘 맞으니까 즐겁게 보낼 수 있다는 예감이 들었다.

그녀는 검은 토끼 가방과 번역본 그림책 한 권, 나는 손빨

래가 가능한 마 원피스와 에나멜 플랫 슈즈와 아보카도 비누를 샀다.

"이제 뭐 할까?"

멈춰 서서 그녀의 얼굴을 들여다보았다.

"유코 이모, 옷 더 사지 않아도 돼?"

노에가 나를 빤히 보며 말했다. 그녀는 옷을 사러 다니는 게 아주 재미있는 모양이다. 몇 군데 가게에서 내가 원피스며 블라우스를 입어보는 것을 지루해하는 기색도 없이 보고 있었다. 이거보다 아까 그 옷이 더 좋았어, 그런 식으로 충고까지 해가며.

"옷? 글쎄, 오늘은 이 정도만 사면 될 거 같은데."

그렇게 중얼거리자 그녀는 고개를 끄덕였다. 약간 아쉽다는 듯이.

몇 미터 앞에 제과점 간판이 보이기에 내가 물었다.

"간식 먹고 갈까?"

"응."

우리는 총총걸음으로 쇼윈도 앞에 섰다. 앤티크풍의 오래된 마들렌 틀이며 피낭시에(프랑스의 디저트 빵으로, 피낭시에는 '금괴'를 뜻하는 말이다. 빵의 모양이 금괴를 닮았다 하여 붙여진 이름―옮긴이) 틀이 장식되어 있었다. 그리고 부활절 때 쓰는 것인지, 달걀과 토끼, 꽃, 성자 등의 초콜릿 틀도 보였다. 한가운데에는 정교한 설탕 공예로 꾸며진 연한 빛깔의 웨딩 케이크가 있었다.

노에는 유리에 손을 짚고 찬찬히 들여다보고 있었다.

"굉장하다, 그치?"

"응, 엄청 예뻐."

"여기 들어갈까?"

고개를 끄덕이다가 그녀의 몸이 앞으로 쏠렸다. 하마터면 쇼윈도에 이마를 찧을 뻔했다.

제과점 안쪽에 빵을 먹을 수 있는 코너가 있었다. 어떤 것으로 살까, 하고 쇼케이스 앞에 멈춰 섰다. 어쩌면 이렇게도 울긋불긋 화려할까. 놀랐다. 크기도 모양도 장난감 요요 같은 마카롱은 체리핑크, 레몬옐로, 그레이프, 피스타치오그린. 레드커런트를 흩뿌린 새빨간 무스. 각종 베리를 흘러내릴 만큼 듬뿍 토핑한 과일 타르트. 비 걷힌 깜깜한 밤을 떠올리게 하는 자르르한 초콜릿을 씌운 오페라.

그 밖에도 온갖 아름다운 서양과자들이 줄줄이 이어졌다. 슈크림이며 에클레르, 사바랭, 밀푀유, 몽블랑같이 극히 전통적인 그리운 과자들도.

이제 노에는 입이 떡 벌어져버렸다.

어느 걸로 하지?

어느 걸로 할까?

시선이 바쁘게 오락가락하는 바람에 주문하기까지 5분이나 더 걸려버렸다. 결국 노에는 크렘 당주를, 나는 무화과 타르트를 골랐다.

파란색 얇은 테이블보가 깔린 탁자에 자리를 잡자 잠시 뒤에 밀크 티와 과자가 나왔다. 크렘 당주는 천사의 크림이라는 이름에 걸맞게 새하얀 색깔이다. 치즈크림, 생크림, 달걀흰자로 만든 머랭을 주재료로 하고, 안에 라즈베리 소스를 넣은 것이라고 가게 직원이 설명해주었다. 색채감 넘치는 과자들이 그토록 많았는데 왜 노에는 하얀색 일색의 과자에 마음이 끌렸을까.

하지만 순백의 심플한 과자는 분명 눈에 가장 잘 띄었을 것이다. 작은 그릇에 담겨 거즈에 감싸인 그것은 탁자 위에서 다시 바라보니, 구름 같고 깃털 같고 하얀 눈 같았다. 얇은 테이블보가 마치 푸른 하늘 같은 색감이어서 두둥실 마음이 가벼워졌다. 한 스푼 얻어다 맛을 보니 담백한 맛이 고급스러웠다.

"나도 그걸로 먹을걸."

아이처럼 나는 말해보았다.

그러자 눈앞의 아이는 약간 엄격한 말투로 나무랐다.

"바꾸기 없기."

"알았어, 알았어."

나는 무화과 타르트를 바사삭 포크로 잘라 입에 넣었다. 호
쾌하게 한입 가득 떠 넣는 느낌으로.

"이것도 엄청 맛있어."

말을 하면서 괜한 시샘 같다고 생각했다.

"그래?"

노에는 쿨한 얼굴이었다.

"한번 먹어볼래?"

"……됐거든?"

곧게 뻗은 앞머리의 여자애는 마치 소중한 무언가라도 되
는 듯이 아주 조금씩 스푼으로 떠올려 먹고 있었다.

선명하게 빨간 라즈베리 소스가 스며서 이제 더 이상 순백
이 아닌 크렘 당주. 하늘과 구름, 하얀 눈…… 라즈베리 소스
는 거기에 더해진 빨간 꽃 같았다.

문득 생각나버렸다.

그러고 보니 예전에 나도 조그마한 여자애였다.

노에와는 전혀 다른 타입의 여자애였던 것 같다. 머리는 짧
고 늘 부스스했다. 여름이면 햇볕에 까맣게 타고 무르팍에는

상처의 딱지가 생겼다. 걸핏하면 넘어졌던 것이다. 치마를 입지 않으면 사람들이 번번이 남자애로 착각하곤 했다. 결코 말괄량이였던 것도 아닌데.

이따금 홀쩍 어딘가로 떠나고 싶었다.

나 자신이 아닌 다른 누군가가 되어서.

"노에."

내가 그녀를 불렀다.

왜? 라는 눈빛으로 그녀는 얼굴을 들었다.

"어른이 되면 뭐가 되고 싶어?"

시시한 질문이다. 하지만 생각하기도 전에 먼저 입 밖으로 나왔다.

"어른이 되면?"

테이블에 팔꿈치를 대고 뺨을 괸 채 노에는 천천히 눈을 깜빡였다.

"뭐가 되고 싶지……?"

노래하는 듯한 말투였다.

그녀는 멍하니 허공을 바라본 뒤에 내 쪽으로 시선을 돌리며 말했다.

"유코 이모는?"

"응? 나?"

아이, 난 이미 어른인데, 뭘.

그렇게 말하려다가 어른이라고 할 만큼 어른이 아닐지도
모른다는 생각에 한숨이 나오려고 했다. 서른두 해와 네 달,
거기에 며칠 더. 내가 이 세상에 태어나 흘려보낸 시간이다.
생각해보면, 노에의 여섯 배가 넘는 세월을 살아온 셈이다.
하지만 이 아이는 나를 어른이라고 생각하지 않는 걸까. 아직
나이 어린 소녀 특유의 시선으로, 채 어른이 되지 못한 나의
미숙함을 간파한 것일까.

식어가는 홍차를 마시고 있으려니 노에가 다시 물었다.

"이모는 뭐가 되고 싶었어? 어렸을 때."

아, 그렇구나. 나만의 착각임을 깨닫고 피식 웃음이 터질
뻔했다. 실제로 킥킥 웃었더니 노에도 덩달아 이유도 없이 웃
는다.

어린아이였던 시절에 내가 되고 싶었던 것.

뭐였을까. 뭐였더라.

노에도 나도 서로의 질문에 대답하지 못한 채, 과자를 다시
입에 넣었다. 새콤한 무화과 설탕 절임, 우유가 듬뿍 들어간
커스터드 크림, 버터 맛이 풍성하고 식감 좋은 타르트 받침이
함께 어우러진 소박한 맛이다.

노나카 히라기

"맛 좀 봐도 돼?"

고개를 갸웃하며 노에가 말했다.

"그럼, 되고말고."

내 접시에 포크를 내밀어 한 입 떠먹더니 그녀는 빙긋 웃었다. 볼이 팡팡해진다. 옴폭하게 보조개가 생겼다. 앞니 사이에 아주 조금 틈새가 있었다.

"유코 이모가 고른 것도 맛있어."

그러고는 두 손으로 단단히 컵을 잡고 지독히 진지한 표정으로 시간을 들여 천천히 홍차를 마셨다.

"사랑일까?"

요코가 말했다.

일요일 한밤중이었다. 잠 잘 준비를 마치고 침대에 올라간 참에 전화가 울렸다. 무선전화기를 손에 들고 시트 위에 벌렁 누워 전화를 받았더니 요코였다.

"어제 노에 돌봐줘서 고마워."

노에가 정말 재미있었다고 했노라는 말로 고맙다는 인사를 대신하고, 날씨며 연예인의 스캔들, 살까 말까 고민 중인 책 이야기를 두서없이 늘어놓은 뒤에 그녀는 느닷없이 그렇게 말했다. 사랑일까, 하고.

혼잣말 같은 소리였다. 혹은 일기나 수첩에 써놓은 문장을 일부러 감정을 빼고 소리 내어 중얼거린 듯한.

"그런가."

나도 중얼거림을 돌려주었다.

"뭘까."

"난 모르지."

"……얘기해도 괜찮겠니?"

시계를 보니 11시가 넘은 시각이었다. 내일은 출근이다. 7시 전에 일어나지 않으면 안 된다. 이제부터 일주일이 시작되는 거니까 가능하면 첫날인 월요일부터 수면 부족이고 싶지는 않다. 하지만—.

사랑일까, 라는 말을 듣고 나니 그다음 이야기가 듣고 싶어졌다. 노에를 재우고 이제야 겨우 요코는 혼자만의 시간이 생겨서 내게 전화를 걸어왔다. 곧바로는 사랑 이야기를 할 수 없어서 우선 무난하게 연예인의 스캔들 같은 이야기를 꺼냈던 것이리라.

"응, 괜찮아."

나도 모르게 목소리를 낮췄다. 왜 내가 목소리를 낮추는 건가. 나 혼자뿐인 침실에서.

"어쩐지 가슴이 좀……."

거기에서 요코는 말을 머뭇거렸다.

"응?"

"두근두근한다고 해야 하나, 술렁거린다고 해야 하나. 아니, 그런 것도 아니고……. 만나고는 싶은데, 왠지 만나면 힘들다고 할까……. 너무 좋아서, 행여 잃을까 봐서, 그런 생각을 하면 다리가 후들후들 떨린다고 할까……. 실제로 다리까지 떠는 건 아니지만, 마음속이 분명하게 파르르 떨린다고 할까……."

"우와."

"우와, 라니, 얘, 뭔가 얘기 좀 해봐."

요코는 쓴웃음을 섞어 울먹이는 소리를 냈다.

"그럼 얘기하겠는데."

나는 잠깐 뜸을 들인 후에 딱 잘라 말했다.

"그건 사랑이야."

"그렇게 생각해?"

"응."

그러자 그녀는 한숨을 내쉬었다. 그야말로 자기도 모르게 마음이 파르르 떨린 듯한 느낌으로. 가슴속에서 저절로 새어 나온 숨의 열기가 수화기를 통해 전해져 오는 것 같았다.

"그럼 혹시 토요일에 데이트였어?"

"응, 실은 그랬어. 미안, 이제야 얘기해서."

요코에게서 사랑 고백을 듣게 되다니.

몇 년 만인가.

그녀와는 고등학교 때부터 알고 지내온 사이다. 하지만 당시에는 반이 같았을 뿐, 그리 친한 것은 아니었다. 우연히 같은 대학에 진학했고 동아리 활동도 함께하면서 급속히 친해졌다. 그 이래로 서로 사생활의 변동은 거의 훤히 다 알고 지냈다. 생각해보면 나름대로 긴 세월을 둘이 함께 해왔다. 이런 일도 있었고 저런 일도 있었고, 정말로 이야기를 시작하면 한이 없다. 뭐, 그건 노후의 즐거움으로 남겨두기로 하고—.

친우가 다시 새로운 사랑에 빠질 만큼 건강해졌다는 것이 우선 기뻤다. 요코가 이혼한 것은 분명 2년 전, 아니, 이제 슬슬 3년째로 접어드는가. 그때는 꽤 요란했었다. 돌아오지 않는 남편을 기다리는 일각일각을 견디다 못해 내게로 일주일에 몇 번씩 걸어오던 한밤중의 전화.

그녀의 눈물, 분노, 실망.

"미안해, 너한테 폐가 된다는 거 알아. 근데 이렇게라도 하지 않으면 견딜 수가 없어서……"

힘없이 사과하며 어디에도 들이댈 수 없는 마음을 요코는 내게 던져주었다. 그것을 미처 다 받아주지 못하는 안타까움

노나카 히라기

을 느끼면서도 나는 그녀의 말에 내내 귀를 기울였다.

마지막의 마지막에 요코는 말했다.

"결혼 같은 거, 하지 말 걸 그랬나?"

대답할 수가 없었다. 그녀의 질문을 저절로 내 상황에 맞춰서 생각해버린 것이다. 함께 살던 남자 친구와 나는 결혼하지 않았다. 결혼해도 괜찮았을 텐데 왠지 그 선을 넘어서지 못했다.

이 사람이 아니다.

마음속 어딘가에서 그렇게 생각하고 있었던 탓일까. 아니면 연애 감정을 결혼이라는 틀 속에 억지로 끼워 맞춰서, 그 자유롭고 마음 내키는 대로 변화하는 감정을 억눌러버리는 게 싫었기 때문일까.

요코는 다시 중얼거렸다.

"계속 연애만 했으면 좋았을까?"

둥실둥실 떠도는 것처럼 사랑만 했더라면? 과연 인간은 그런 식으로 살아갈 수 있는 것일까.

그렇다면 아예 사랑 따위, 안 해도 좋지 않을까.

마음속에 스치는 생각을 지워버릴 기세로 나는 말했다.

"노에가 있으니까 괜찮잖아?"

당시에 그 조그마한 여자애는 지금보다 훨씬 더 조그마해서 이제 겨우 말을 배우기 시작하는 참이었다. 만날 때마다 나를 보며 잘 돌아가지 않는 혀로, 몇 개 안 되는 어휘로, 열심히 세계를 이야기하려 했다.

똑바로 응시하는 눈빛으로 뭔가를 보려 하고 무엇이든 만지려 하고 입에 넣어 맛보려 하는 바람에 주위 어른들을 깜짝깜짝 놀라게 했다.

요코가 후우 한숨을 내쉬며 "그건 그래"라고 말했다.

"물론이지. 내게는 노에가 있어. 노에가 있어서 정말 다행이야."

이때까지의 목소리와는 크게 달랐다. 조용한 힘이 있었다.

그래, 요코, 그래서 너를 좋아하는 거야.

그때 내 마음은 따스한 것으로 가득 채워졌다. 그녀를 격려해주려다가 거꾸로 큰 격려를 받은 순간이었다.

지금 다시, 그녀는 사랑에 빠졌다.

한 번 넘어졌지만 다시 일어나 누군가를 믿어보려 하고 있었다.

자신의 모든 용기를 다해서 누군가를 믿어보는 것, 어쩌면 그것은 자기 자신을 믿는 일이기도 했다.

"어떤 사람이야?"

"멋진 사람."

즉답이었다. 기쁨이 묻어나는 통통 튀는 말투에 나까지 흐뭇해졌다. 저절로 입가에 웃음이 번졌다. 이야기해도 되느냐는 물음에 나는 잠시 뜸을 들였다.

"응, 괜찮긴 한데, 잠깐만 기다려."

나는 무선전화기를 귀에 댄 채 주방으로 갔다. 포테이토칩 봉투를 손에 들고 침실로 돌아왔다. 한 개, 두 개, 세 개, 입에 몰아넣었다.

"뭐 먹어? 와작와작 깨무는 소리인데?"

"포테이토칩. 왠지 배가 고파서."

"아, 지금 그럴 시간이네."

"살찌면 네 탓인 줄 알아."

"뭐든 남의 탓을 하면 안 되죠."

그녀는 천연덕스럽게 말했다.

동지여. 나도 모르게 씩씩한 호칭이 마음속에 떠올랐다.

동지여, 너와 나, 함께 이 세상을 건너가자.

"네 연애가 잘 풀리도록 힘을 주려고 내가 일부러 포테이토칩 먹는 거야."

"……아, 그러셔?"

"아예 맥주까지 마실까?"

"좋지. 나도 뭐 좀 마셔볼까."

'과자는 침대에서야말로 맛있는 것'이라는 콘셉트로 여자의 침실을 이미지화한 생과자 쇼케이스를 만들었다고 아다치 씨가 얘기했던가.

내가 먹는 것은 포테이토칩. 섹시함이 없다. 방 안을 빙글 둘러보았다. 솔직히 약간 어질러져 있다. 물론 레드골드의 새틴 커튼 따위, 걸려 있지 않다. 관능적인 분위기 따위는 눈곱만큼도 느껴지지 않는 방이다. 하지만 뭐, 어때.

"그래서, 토요일의 데이트는 어땠어?"

침대에 털썩 누워 친구의 사랑 이야기를 재촉했다.

그 뒤로 한참 동안 그 바에 찾아가는 발길이 뜸해졌다.

그의 이름을 마음속에서 수없이 불러보면서도 그 바에는 왠지 가지 않았다. 아침을 먹으면서, 아다치 씨. 전차를 타고 가면서, 아다치 씨. 잠시 일손을 쉬는 참에, 아다치 씨. 런치 타임에 카페 테이블에서, 아다치 씨.

멀리에 있는 나의 연인.

사실은 연인도 뭣도 아니다.

만나지 않으니까 그가 이 세상에 존재하는지 어떤지조차 알 수 없었다. 얼굴도 희미하게 생각날 뿐이다. 목소리는 어땠더라. 꿈속에서 본 사람처럼 그의 윤곽은 희미하게 번져 있

노나카 히라기

다. 그저 막연하기만 하다.

가면 되는 것이다, 그 바에.

그의 존재를 확인하고 싶다면.

며칠 동안 계속 그 바에 들락거리면 틀림없이 만날 것이다. 하지만 나는 그렇게 하지 않은 채 회사에서 돌아오는 길이면 편의점에 들러 초콜릿을 사 들고 밤길을 걸으며 먹었다.

가로등 밑, 포장지를 벗길 때마다 나는 바스락 소리. 얇은 은박지의 감촉이 손끝에 차가웠다. 초콜릿이란 의외로 단단한 것이구나. 살짝 힘을 주어 또각 자른다. 한 조각 입에 넣으면서, 아다치 씨, 소리 내어 그의 이름을 불렀다. 혀 위에서 천천히 녹인다, 나의 열로. 카카오 향기가 퍼진다. 달콤하게, 그리고 희미하게 남는 쌉쌀한 맛.

당신, 어디 있어?

뭘 하고 있어?

나를 보고 싶어 하기도 해?

마음을 정하지 않으면 안 된다.

이루어져야 할 약속들을 그와 나누고 싶다. 파리에 갈까? 뉴욕에 갈까? 알래스카에 갈래? 런던에 갈래? 그래서는 너무도 멀고 먼 이야기다. 함께 달에 가자, 하는 것과 똑같아. 우선은 좀 더 가까운 곳에 가야지.

전차를 타고, 그리고 조금 걸어서 갈 수 있는 거리.

몇 주일 만에 나는 그 바에 찾아갔다. 전차를 타고, 그리고 조금 걸어서. 번화가 뒤편 골목길의 그 가게. 묵직한 철문. 온몸으로 기대듯이 밀어서 열고 한 걸음 두 걸음 내디뎠다. 카운터에 손님 몇 명이 앉아 있었다. 하지만 아다치 씨의 모습은 보이지 않았다. 카운터 앞에 자리를 잡자 바텐더가 물수건을 건네주었다.

"안녕하세요?"

붙임성 있는 미소를 건네온다.

"안녕하세요."

나도 마주 웃었다.

무엇을 주문할까. 싱글몰트 위스키와 쇼콜라? 하지만 그 콤비네이션은 아다치 씨가 가르쳐준 것이다. 그와 둘이서 있을 때만 맛보고 싶었다. 아다치 씨, 요즘에 왔을까. 마지막으로 온 건 언제였을까. 물어볼까 말까 생각만 굴리다가 나는 멍하니 중얼거렸다.

"칵테일로 할까요?"

바텐더는 고개를 끄덕였다.

마티니? 김렛? 스푸모니? 내가 좋아하는 칵테일이다. 생각해보니 아다치 씨를 만나기 전까지는 바에서 위스키를 마셔본 일이 없었다.

내 옆자리는 텅 비어 있었다. 오늘 밤, 그는 나타날까. 오랜만에 찾아와 당장 그날에 만날 수 있을 거라고 기대하는 건 아무리 그래도 너무 염치없는 일이다.

"……알아서 만들어주세요, 추천하시는 걸로."

이 가게의 바텐더는 솜씨가 좋다. 이런 밤에는 마셔본 적이 없는 칵테일을 시도해보는 것도 좋을 것 같다. 어떤 술을 만들어줄까. 기대가 된다.

나는 카운터에 턱을 괴고, 그가 칵테일을 만들어내는 모습을 바라보았다. 손에 든 술병은 드라이진. 그리고 크렘 드 바이올렛. 레몬도 짜서 셰이커에 따른다. 큼직한 손으로 셰이커를 감싸 들고 힘차게 흔든다.

완성된 칵테일은 아름다운 색깔을 품고 있었다. 유리잔 끝에는 레몬 껍질을 오려서 만든 초승달. 그 뒤편에는 새빨간 체리. 태양일까.

한 모금 마셨더니 꽃향기가 났다.

"예쁘네요."

"블루문이에요."

바텐더는 차분한 목소리로 말했다.

"블루문?"

"네. 그 칵테일의 이름."

아하, 그래서 초승달이 장식되어 있는 건가.

"이번 달에는 블루문을 볼 수 있으니까요."

"네?"

"모르셨어요?"

잔을 닦으며 바텐더는 미소를 지었다.

"보통 보름달은 한 달에 한 번뿐이지만, 이번 달에는 정말 드물게도 두 번이나 보름달이 떠요. 그 두 번째 보름달을 블루문이라고 한답니다."

"……와아."

"2년 10개월 만이라는군요."

영어에는 'once in a blue moon'이라는 표현이 있다고 바텐더는 말했다. 좀체 없는 일, 특별한 일이라는 뜻이라고 한다.

"저도 어떤 손님에게서 들은 얘기예요. 얼마 전에."

나는 유리잔 가장자리의 초승달을 새삼 바라보았다. 뭔가 신비한 기분이었다. 둥그렇게 차오르는 달. 은은한 빛을 내면서.

"언제예요?"

다시 한 모금 마시고 나는 물었다.

"두 번째 보름달이 뜨는 거, 며칠?"

"이번 주 토요일."

그럼 이제 곧 다가온다.

그날 밤에 아다치 씨는 결국 오지 않았다.

매일 밤마다 그 바에 가서 기다려볼까. 그런 생각도 해보지 않은 건 아니지만……. 토요일로 하자. 토요일이야. 나는 그 바텐더에게서 뭔가 소중한 메시지를 전해 들은 것 같은 마음이 들었다.

주말까지 남은 날짜를 손꼽아 헤아리며 하루하루를 보냈다.

이따금 하늘을 올려다보았다. 한낮, 눈에 보이지 않을 때도 그곳에는 달이 있었다. 조금씩 조금씩 차오른다. 블루문. 머릿속에 떠올려보려고 하면 어디에선가, 괜찮을 거야, 하는 다정한 목소리가 들려왔다. 뭐가 괜찮다는 거야? 글쎄, 모르겠다.

아마도 모든 것이.

내 인생의 모든 것이.

토요일, 나는 다시 무거운 철문을 온몸으로 밀고 들어갔다. 부드러운 빛이 흐르는 아담한 공간. 바텐더가 내게 눈빛으로만 인사를 건네왔다.

역시 카운터에는 손님이 몇 명 앉아 각자의 술을 마시고 있었다. 아다치 씨는 보이지 않았다.

"안녕하세요?"

나는 바텐더에게 말했다.

"오늘은 회사 쉬는 날인데 와버렸네요."

"밤길, 어땠어요?"

"환했어요."

날씨가 맑았다. 달이 떠 있었다. 군청색 밤하늘에, 둥실.

"뭐로 하실래요?"

옆에 함께 있었으면 하는 사람은 지금 없지만 위스키를 마시기로 했다.

"쇼콜라도 함께 주시겠어요?"

카운터 너머에서 바텐더가 아이스픽으로 얼음을 둥글게 깎았다. 올드 패션드 글라스에 호박색 액체를 따르자 그 안에서 얼음이 미러볼처럼 구른다. 하얀 접시에는 꽃고추와 거친 소금을 첨가한 쇼콜라. 베네수엘라산 카카오로 만든 것이라고 한다. 한 입 떠 넣자 나무 타는 듯한 그리운 냄새가 났다.

그리고 세 잔째의 위스키를 마시기 시작했을 때쯤일까, 아다치 씨가 나타났다. 내게 말을 건네는 일도 없이, 모르는 척 내 옆자리에 와서 앉았다.

노나카 히라기

반가웠다. 하지만 나도 모르는 척하기로 했다.

둘이서 나란히, 아무 말 없이 잔을 기울였다.

"밤길, 어땠어?"

잠시 뒤에 나는 물었다.

"헤매지 않고 잘 찾아왔어?"

아다치 씨는 앞만 바라본 채로 대답했다.

"응, 달이 떠 있어서."

"아주 동그랗지?"

"그랬나? 음, 그랬는지도."

그는 내 접시의 쇼콜라에 손을 내밀었다. 건성건성 입에 넣는다.

"아다치 씨."

그 이름을 불렀다―. 만나지 않는 동안, 수없이 가슴속에서 불렀던 그 이름을.

"왜요, 야카와 씨?"

웃음을 머금은 목소리로 그도 내 이름을 불렀다.

"나……."

뭔가 말하려다가 무슨 말을 해야 할지 알 수 없었다. 그의 존재를 가까이에서 느끼고 있는 것만으로도 역시 가득 채워졌다.

동그랗게 차오른 두 개의 달. 더 이상 원하는 것 따위, 아무 것도 없다고 생각했다.

좀체 없는 일. 특별한 일.

그러니 이제는 용기를 내야만 한다.

"나, 야카와 유코라고 해요."

처음 만난 사람에게 자기소개를 하듯이 나는 풀 네임을 말했다. 그러자 그도 이름을 말해주었다. 아다치 씨는 '아다치 히로유키'라는 이름을 갖고 있었다.

하고 싶은 이야기, 듣고 싶은 이야기가 아주 많았다. 천천히 시간을 들여 그를 알아가리라. 그리고 나에 대해서도 알려주리라.

쇼콜라를 입안에서 녹이며 나는 말했다.

"다음에 또 다른 것도 함께 먹고 싶은데."

"다른 것?"

"응, 이를테면 카레라든가 파스타라든가 중화요리라든가."

아다치 히로유키 씨는 피식 웃었다.

"좋지, 교자라든가 딤섬이라든가."

"언제?"

그 물음에 그는 약간 놀란 눈치였다. 당황하는 가운데서도 대답했다.

노나카 히라기

"언제라도."

"그럼 내일은?"

마음먹고 나는 말했다.

내일도 또 만나고 싶으니까, 라고.

굳이 얼굴을 돌아보지 않아도 알 수 있었다. 옆에 있는 사람이 편안하게, 반갑게, 미소 짓는 기척을.

요시카와 도리코

기생寄生하는
여동생

그날 밤에도 현관문 닫히는 소리에 가야노는 잠이 깼다. 여동생 리미코가 돌아온 것이다.

　그래도 한참 동안 다시 자보려고 눈을 꾹 감고 이불 속에서 숨을 죽이고 버텼다. 새우처럼 등을 구부리고 그때까지 꾸던 꿈의 기억을 잡아보려고 했다. 가슴에 달콤한 여운을 남긴 뭔가 행복한 느낌의 꿈, 그다음을.

　하지만.

　츱, 츄르르르, 츄르르.

　문짝 하나 너머에서 뭔가를―, 아마도 면을 빨아들이는 소리가 귓속을 파고들어서 이제 더 이상은 못 참겠다고 생각했다. 리미코가 뭔가를 먹는 소리, 그것도 한밤중에, 그것도 면

종류를, 츕 츄르르르 빨아들이는 소리는 가야노를 한없이 짜증 나게 했다. 국물 방울이 산산이 튄다, 그릇 밑은 식탁에 동그란 자국을 남긴다, 스테인리스 싱크대에는 양념 건더기가 고여 악취를 풍긴다……, 등등의 이미지가 한꺼번에 밀려와 짜증을 부채질했다.

츕, 츄르르르 츄흐흐흡!

앗, 사레들렸네.

"리미코, 작작 좀 해!"

더 이상 참을 수 없어서 침실 문을 열자 리미코는 커억 컥 켁켁 요란하게 기침하고 있었다. 어둠 속에서 굳게 닫혀 있던 눈이 갑작스러운 형광등 불빛에 찌르르 아파왔다.

"좀 조용히 살자. 나, 이제 겨우 잠들었단 말이야. 날마다 한밤중에 들어와 나한테 피해 주는 것도 좀 생각해야지, 얹혀 사는 처지에. 너 대체 왜 그래? 몇 번을 말해야 알아들어?"

처음에는 되도록 큰소리는 내지 말자고 생각했는데 그런 의지와는 달리 점점 기세가 붙어 마지막에는 화난 목소리가 터져 나왔다.

컥 커억 켁, 미, 미안, 켁켁, 이라고 사과의 말 비슷한 것을 내뱉고 리미코가 얼굴을 들었다. 눈꼬리에 눈물이 맺혀 있었다. 아이라인이 번져 거뭇거뭇해진 눈 주위를 보니 친척 집에

요시카와 도리코

서 기르던 찌그러진 얼굴의 페키니즈가 떠올랐다.

"그런 말, 이제 듣기도 지겹다."

리미코의 '미안'은 언제든지 그냥 해보는 제스처인 것이다. 어렸을 때부터 어머니와 가야노에게 늘 혼이 나면서도, 아무리 말을 해도 포테이토칩 기름으로 지르르해진 손을 태연하게 아무 데나 쓱쓱 닦고, 화장을 지운 지저분한 클렌징 티슈를 세면대 구석에 그대로 놓아두고, 장소를 가리지 않고 손톱을 깎고 갈고, 눈썹이며 털을 밀고는 그 잔해를 산지사방에 흘리고 다녔다. 가방 속은 항상 뒤죽박죽, 성인식 때 아버지 어머니가 사준 루이비통 지갑은 진즉 너덜너덜해진 채 버튼이 잠기지 않을 만큼 늘 영수증으로 불룩했다. 스무 살 넘은 여자라고는 생각되지 않을 만큼 칠칠치 못한 꼬락서니였다.

"미안, 미안해."

풀이 죽어서 되풀이하는 리미코를 무시하고 가야노는 냉장고에서 꺼낸 페트병의 물을 꿀꺽꿀꺽 마셨다. 화가 나서 큰소리를 친 탓에 목구멍에서 약간 열이 났다.

"그거, 뭐야?"

주홍색 사발 속에서 뭔가 정체 모를 것이 허우적거리는 것을 발견하고 가야노가 물었다. 찡하게 고소한 간장 냄새가 풍겨왔다.

"언니도 먹을래?"

리미코는 금세 눈빛을 반짝이며 가야노를 향해 그릇을 쓰 욱 들어 올렸다. 냉동 우동을 삶아서 생달걀과 잘게 썬 파와 간장을 넣었노라고 리미코는 재빨리 설명했다.

'뭔가 맛있어 보이네' 하고 일순 생각했다가 급히 그 생각 을 지워버렸다.

"냉장고에 있던 달걀? 그거 꽤 오래전에 사 온 거라 날로 먹으면 안 좋을걸?"

심술이 나서 일부러 말해줬지만, 리미코는 아하하 하고 태 평하게 웃었다.

"언니는 너무 예민해. 달걀은 진공 팩하고 똑같아서 유효기 간 같은 거 있으나 마나라고 다케오가 말했어."

말도 안 되는 소리를 늘어놓는다.

"흥, 네가 살모넬라균에 톡톡히 당해봐야 정신을 차리지."

내뱉듯이 말하고 가야노는 다시 이불 속으로 기어들었다. 절대로 잠이 올 것 같지 않다고 생각했지만 비교적 금세, 자 버렸다.

뭔가 신경질이 난다. 아니, 그보다 귀찮아 죽겠다.

자명종을 꺼놓고 가야노는 옆에서 드르르릉 코를 고는 리미코의 얼굴을 내려다보며 아침부터 꾸무럭한 기분에 빠졌다. 붙박이장 서랍에서 갈아입을 옷을 꺼내 들고 리미코를 깨우지 않게 발소리를 죽여 침실을 나서려던 참에 문득 마음이 바뀌어 침실 문을 쾅 닫아버렸다. 후우욱 숨을 들이쉬면서 잠깐 코 고는 소리가 멈추는가 싶더니 다시 드르르릉 한다. 역시 뭔가 신경질이 난다.

식탁 위에 그대로 놓아둔 주홍색 사발을 싱크대에 내놓은 뒤에 가야노는 서둘러 옷을 갈아입고 간단히 화장을 끝내고는 가까운 편의점으로 달려갔다.

가야노는 아침이 빠르다. 매사에 미리미리, 라는 게 어려서부터 가야노의 방침이다. 여름방학 숙제는 항상 7월 안에 끝내버렸다. 시험 기간에 임박해서 허둥지둥 벼락치기 공부를 한 적도 없다. '약속 시간 5분 전까지'는 당연한 일이고 여행 떠나기 사흘 전에는 완벽하게 짐 꾸리기를 마친다. 매일 아침마다 출근 한 시간 전에 입을 옷을 정하고, 밤 12시가 되기 전에 반드시 잠자리에 든다. 벌써 몇 년째 그렇게 해왔기 때문에 이미 몸에 배어버린 생활 리듬이다.

그런데 어째 이런 일이.

달걀이 든 비닐 봉투를 덜렁덜렁 들고 원룸으로 돌아가며 가야노는 생각했다. 아침은 빵을 먹기로 했으면서 왜 나는 군이 신선한 달걀을 사러 아침부터 방방 뛰며 그 맛있어 보이던 우동을 먹으려고 하는 걸까.

입에서 나온 하얀 입김을 따라가듯이 고개를 젖히자 하늘에는 아직도 밤의 색깔이 약간 남아 있었다. 항상 사람들이 길게 줄을 서 있는 버스 정류장도 한산했다. 평소보다 한 시간 빠른 것뿐인데 완전히 딴 동네로 들어선 듯한 착각이 들었다.

리미코가 더부살이를 하러 온 뒤부터 가야노의 페이스는 번번이 흐트러졌다. 그렇지만 가야노가 리미코와 집에서 얼굴을 마주하는 일은 거의 없었다. 원룸에서 도보로 15분 거리의 종합병원에서 사무를 보고 있는 가야노와, 친구가 경영하는 레게 바에서 아르바이트를 하는 리미코는 생활 리듬이 완전히 달랐기 때문이다.

하지만 리미코가 없더라도 그녀가 몰고 들어온 모든 것들이─엄청 야한 청록색 브래지어, 표범 무늬의 페이크 퍼 블루종, 만화 잡지며 패션 잡지, 번들거리는 초록색이나 보라색 색조 화장품─집 안 곳곳에서 예사롭지 않은 존재감을 내뿜으며 가야노를 짜증 나게 했다. 건강에 좋지 않을 것 같아 내내 멀리해왔건만, 한밤중에 돌아온 리미코가 컵라면이며 인스턴트 카레를 먹으면 왠지 맛있어 보여서 다음 날 서둘러 편

요시카와 도리코

의점으로 달려가고 만다. 치워도 치워도 리미코가 금세 또 어질러놓는 통에 결국 될 대로 되라지, 귀찮아 죽겠다, 하는 심정으로 그럭저럭 일주일 넘게 청소기도 돌리지 않았다.

이 집은 분명하게 리미코에게 침략당하는 중이었다. 하지만 가야노는 리미코를 쫓아내지 못하고 있었다.

어째서인지는 스스로도 잘 알 수 없었다. 화가 뻗치는 대로 몇 번인가 "나가버려, 너하고는 이제 인연을 끊고 싶단 말이야"라고 하거나, 심할 때는 "나가 죽어라, 이 기생충, 인간쓰레기"라고 욕을 퍼부은 적도 있었다. 하지만 그때마다 리미코가 울먹거리는 강아지 같은 얼굴로 "미안, 미안해"라고 잔뜩 웅크리며 사과를 한다. 그러면 그 즉시 온몸에서 분노가 스르르 빠져나가고, 용서를 청하는 건 리미코인데 왠지 자신이 용서를 받은 듯한 느낌에 휩싸이는 것이다. 아무리 심한 말을 내뱉어도, 아무리 말도 안 되는 분노를 들이대도, 분명하게 리미코는 손을 놓아버리지 않고 가야노 곁에 있어주었다. 그런 생각을 갖게 하는 누군가가 곁에 있다는 것은 실은 가야노를 크게 안심시켜주는 일이었다.

하지만 역시 사람 귀찮게 하는 것에는 짜증이 난다.

현관 신발장 앞에 곤죽이 되어 길게 자빠져 있는 리미코의 검은 롱부츠를 일부러 발로 꾹꾹 밟으며 안으로 들어가, 가야노는 어쩐지 맛있어 보이던 그 우동을 끓이기 시작했다.

"이번 설날은 괌에 갈 거야."

본가의 아버지 어머니가 그런 말도 안 되는 소리를 꺼낸 것이 모든 일의 발단이었다.

설날을 해외에서 보낸다는 것이 해묵은 꿈이었던 어머니는 여름 끝 무렵부터 수없이 전화를 걸어오고 아주 난리였다. '뭐야, 이 프티 부르주아. 하와이가 아니라 괌이라니, 그야말로 소시민다워서 눈물겹네' 하고 생각했지만, 가야노는 기본적으로 효녀로 통하는 딸이었는지라 그런 말은 하지 않기로 했다.

"너희, 설날에 집에 와봤자 아무도 없을 테니까 그런 줄 알아. 너희는 너희끼리 적당히 잘 지내, 알았지?"

듣고 있는 사람이 짜증이 날 만큼 들썽들썽 신이 난 목소리로 어머니는 그렇게 선언하고는, "선물은 역시 보조보 인형이 좋겠지? 다리를 묶어서 방 안에 장식해두면 결혼할 수 있다더라" 등등 좀 더 짜증 나는 말을 했다.

"그런 건 절대 필요 없어. 보조보 인형보다 면세점에서 폴앤조 립스틱이라도 사 와" 하고 대답했더니, "에이, 얘가 무슨 소릴 하는 거야. 그걸 농담이라고 하는 거니? 재미없다, 재미

없어" 하고 전화 너머에서 깔깔깔 웃기 시작했다. 아무튼 엄청 신바람이 나 있었다.

"이 할망구가 나이도 먹을 만큼 먹은 터에 꽘에 간다고 애들처럼 들떠서 신 나게 떠들어대고, 게다가 왜 꽘을 '꽘'이 아니라 일부러 '구암'이라고 끈적끈적하게 발음하는지 모르겠어"라는 넋두리를 하기 위해 리미코에게 전화를 했더니, "아, 그렇구나. 설날에 집에 가도 엄마랑 아빠가 없다니 어쩔 수 없네" 하는 천하태평 목소리가 돌아왔다. "그러면 난 어딘가 클럽 이벤트에라도 가야겠네."

그때는 그걸로 일단 전화를 끊었는데, 그로부터 다시 가만히 생각해보니, '아니, 아니지, 이게 뭐야' 하는 걱정이 앞섰다. 전문대 시절부터 살기 시작한 이 원룸, 지은 지 20년 된 주방 딸린 방 두 개짜리에서 달랑 혼자 설날을 맞이해야 하다니, 이건 뭐랄까, 엄청 쓸쓸한 거 아닌가? 너무 썰렁해서 얼어 죽을 거 같다.

가야노에게는 가족 이외에 설날을 함께 보낼 만한 사람이 없었다. 1년 남짓 사귄 연인과는 여름이 시작되기 전에 헤어져버렸고, 친구들을 부르는 건 아무래도 기분이 꿀꿀했다.

전문대 시절의 친구들과는 〈크리스마스에 남친 없는 사람들끼리 모여 꽃게를 먹는 모임(줄여서 '크꽃모')〉이 연례행사가 되었다. 가야노한테도 〈크꽃모〉 대표(남자 친구 없이 산 세월＝살아온 햇수)에게서 참가하라는 연락이 와 있었다.

네온사인이 반짝이는 크리스마스 거리를 두툼한 코트를 껴 입은 싱글녀들이 팔짱을 끼고 돌아다니면서 '티파니'며 '폴리 폴리' 같은 주얼리 브랜드 봉투를 든 커플이 지나갈 때마다, 저것들 다 죽어버리면 좋겠다, 어서어서 헤어져라, 하고 한마 디씩 저주의 주문을 내뱉는다(그 전해의 크리스마스에 물고 기를 모티프로 한 실버 팔찌를 사달라고 졸라서 보란 듯이 그 봉투를 든 채 연인과 팔짱을 끼고 거리를 활보했던 건 망각의 저 너머로 사라졌다). 그러고는 가장 비싼 꽃게 정식 코스를 와구와구 먹어주고 노래방에 들러 와왁 고함도 질러준다. 우 리가 이 세상에서 가장 멋진 크리스마스를 보내고 있다는 자 부심이 들 만큼 완전무적完全無敵의 밤이다. 싱글녀 친구들과 함께 보내는 그런 크리스마스는 쉽게 머릿속에 그려졌고, 실 제로 그대로 올해의 〈크꽃모〉는 별 탈 없이 진행되었다.

하지만 설날은 그런 것과는 좀 다른 거 아닌가. 뭔가 좀 조 용하고 차분하게, 완전무적이니 뭐니 하는 뻔뻔한 분위기와 는 한참 거리가 있는 명절이 아닌가. 석유스토브 위에서 푸시 푸시 김을 올리는 붉은 주전자, 잠을 부르는 따스한 고타쓰에 서 떠들썩한 텔레비전 소리와 잔소리 마왕 엄마의 에구, 지겹

요시카와 도리코

다, 지겨워 소리를 들어가며 청어 알 껍질을 벗긴다. 아버지의 썰렁한 농담일랑 열심히 무시해주고, 설날 당일에는 꼭두새벽부터 어서 일어나라는 성화에 부스스 일어나 으, 추워 죽겠네, 어쩌고저쩌고 투덜거리며 절에 참배를 하러 나간다. 설날이란 그런 종류의 명절이 아닌가 말이다.

가야노는 이번 설을 조국에서 보내게 된 유일한 혈육에게 다시 전화를 걸었다.

"리미코, 설은 우리 둘이 함께 보내자. 역시 설날은 가족과 함께 보내는 거야. 설음식 주문해둘 테니까 그런 줄 알아."

혼자서 쓸쓸히 섣달그믐의 메밀국수를 후루룩거리는 자신의 꼬락서니도 끔찍하지만, 자신의 원룸보다 더 헐어빠지고 좁아터진 연립에서 다케오라는 가난뱅이 레게 뮤지션과 동거중인 리미코의 동정이 훨씬 더 마음에 걸렸다. 떡 살 돈도 없는 건 아닐까, 메밀국수 한 그릇을 다케오와 나눠 먹고 앉아 있는 건 아닐까, 하고 가엾게 생각한 것이 아니다. 자신이 고독하게 새해를 맞이하는 판에 리미코는 어딘가 클럽의 카운트다운 파티에서 신 나게 놀다니, 그건 도저히 용서 못 해, 라는 이기적인 이유 때문이었다.

그렇게 맞이한 섣달그믐. 큼직한 루이비통(가짜) 보스턴백을 들고 리미코가 기어들어 왔다. 겨우 며칠 머물다 갈 사람

치고는 유난히 큰 짐 가방이 마음에 걸렸지만, 그보다 더 마음에 걸린 것은 "언니, 신세 좀 질게. 아, 이건 별거 아니지만 받아주시어요"라고 장난스럽게 말하면서 리미코가 내민 편의점 비닐 봉투였다. 가야노는 제 눈을 의심했다. 안에는 이미 포장을 뜯은 초콜릿 한 상자가 들어 있었다.

"미안, 미안, 오는 길에 도저히 참을 수 없어서 딱 한 개 먹었어. 진짜야, 아직 한 개밖에 안 먹었어. 오는데 너무 추워서 초콜릿이라도 하나 먹으면 몸이 좀 따뜻해질까 해서."

초콜릿 냄새를 풀풀 풍기며 영문 모를 변명을 늘어놓는 리미코를 보며 가야노는 아예 화를 낼 엄두도 나지 않아, 아직 이른 시간이지만 샴페인으로 건배나 하기로 했다.

리미코는 애당초 그런 아이인 것이다. 지금까지도 수없이 비상식적인 선물—한 입 깊숙이 베어 먹은 도넛, 〈반액 세일〉 딱지가 붙은 딸기 찹쌀떡—을 덜렁덜렁 들고 공짜 밥을 얻어먹으러 온 적도 많았다. 그따위 선물을 가져올 거면 차라리 맨손으로 오라고 그때마다 도끼눈을 뜨고 설교했건만 도통 달라지는 기색이 없었다. 제과의 명인께서 만드신 한정판 케이크까지는 아니더라도 조금만 더 제대로 된 것(최소한 포장은 뜯지 않은 것, 가격 인하 딱지가 없는 것, 먹던 게 아닌 것)을 가져오면 좀 좋은가. 정말로 부모님이 누구신지, 한번 보고 싶을 정도다.

창문으로는 연한 먹을 칠한 듯한 하늘이 내다보였다. 평소에는 소란스럽던 원룸 앞 큰길도 이따금 자동차가 지나가는 건조한 소리만 들려올 뿐, 흐리멍덩한 고요함에 빠져 있었다. 한 해의 마지막 날이 풍기는 독특한 공기가 방 안에도 스며들었다. 가야노도 리미코도 샴페인 한 잔에 취해버려 괌을 '구암'이라고 발음하는 어머니처럼 살짝 들떠 있었다.

"아, 난 한 잔이 딱 좋아."

가야노가 두 잔째의 샴페인을 따라주려고 하자 리미코가 웬일로 술을 사양했다. 항상 데킬라를 벌컥벌컥 들이켜는 술고래 주제에.

"흥." 가야노는 심술 사납게 비웃어주었다. "그야 당연하지. 초콜릿 한 상자로 샴페인을 벌컥벌컥 들이켤 수 있을 줄 알았니?"

가야노가 열을 내며 부모의(주로 어머니 쪽의) 험담을—진짜 웃겨, 어디서 어떻게 보든 보통 아줌마면서 자기는 다른 아줌마들과는 다르다는 식으로 중학생 같은 생각을 하고 있다는 게 말이며 행동거지에서 얼핏얼핏 느껴지는 거, 난 진짜 싫어. 대체 어디서 배워 왔는지 묘하게 '갸루상' 말투를 쓰는 거 하며, 애들처럼 문자 보낼 때 이상한 부호를 마구 써먹는 거 하며, 디저트 케이크를 굳이 '스위트'라고 하는 것도 싫어. 프티 부르주아 아줌마가 다 그렇듯이 유기농이니 로하스니 따지는 것도 너무 싫어. 주간지에서 읽은 것을 마치 자기가 직접 보고 온 것처럼 애기하는 것도 너무너무 싫어―줄줄이 늘어놓자 리미코는 고타쓰에 밀어 넣은 다리를 버둥거리며 웃다가 마지막에는 가야노를 은근슬쩍 나무랐다.

"언니는 정말 그런 거에 너무 예민해. 아무려면 어때, 엄마는 행복하다잖아."

그러면 가야노는 지금쯤 그리도 바라던 '구암'에서 트로피컬 드링크를 마시며 디너쇼를 즐기고 있을 행복한 어머니의 얼굴이 선명하게 머릿속에 떠올라, 그때까지 마구 험담을 늘어놓았으면서도, 아아, 언젠가 괌이 아니라 하와이에 보내드리자, 아무리 그런 엄마라도 설마 하와이를 '와이하(일본 연예계에서 '하와이'를 가리키는 은어―옮긴이)'라고 하지는 않겠지, 하고 매우 선한 마음이 드는 것이다.

리미코는 애당초 그런 아이다. 그녀가 누군가의 험담을 하는 걸 가야노는 들어본 적이 없다.

NHK 홍백가합전을 보면서 냄비 요리를 훌훌 떠먹는 동안에도 "쟤는 왜 인기가 있는지 모르겠더라. 별로 예쁘지도 않고 노래도 못하는데"라고 가야노가 말했더니, "그런 소리 마셔. 쟤가 의외로 노력파인 데다 어려서부터 고생도 많이 했다던데 뭘. 게다가 춤은 제법 잘 추잖아"라고 잽싸게 편을 들어준다. 그리고 "아니, 그보다 백팀의 저 사람들, 힙합으로 홍백가합전에 나오다니, 웃긴다, 진짜"라고 툴툴거렸더니 "저 사람들은 셀아웃 그룹(자신들의 음악을 상업적으로 판매하는 힙합 그룹—옮긴이)이니까 괜찮아. 이를테면 할리우드와 칸 같은 거야. 노는 물이 다르단 얘기야"라고 흐물흐물해진 대파를 후루룩 먹으며 언더그라운드의 자긍심을 잃은 힙합 그룹을 감싸주었다.

"너, 폴리애나(동화 『폴리애나의 기쁨놀이』에 나오는 주인공 소녀. 현실 도피성 낙천주의 '폴리애나이즘Pollyannaism'의 어원이다. 직면한 문제에서 아주 작은 장점만을 찾아내 스스로 만족하고, 개선을 위해 노력하지 않는 일종의 정신질환 '폴리애나 증후군'에도 사용되었다—옮긴이)를 능가하는구나."

크게 감탄하며 가야노가 중얼거리자 리미코는 "뭐야, 그거, 좋은 점 찾기 놀이?"라면서 역시 발을 버둥거리고 깔깔거렸다. 그러고는,

"와아, 이번 연말, 뭔가 진짜 재미있다!"

라면서 그야말로 순도 100퍼센트의 웃음을 건네는 것이다.

'애한테는 진짜 못 당하겠다'고 그럴 때마다 가야노는 생

각했다. 다른 어느 누구에 대해서도—이를테면 50억 호화 주택에서 사는 셀러브리티에게도, 화려한 의상을 입고 화보를 장식하는 패션모델에게도, 제 돈으로 버킨백(그것도 타조 가죽!)을 구입한 친구에게도—그런 마음을 가져본 적이 없는데, 이 사회의 밑바닥을 벅벅 기고 있는 여동생 리미코에게만은 그런 마음이 드는 것이다. 나이도 먹을 만큼 먹은 것이 제대로 취직도 하지 않고 연금도 건강보험료도 내지 않은 채 마냥 부초처럼 흐늘흐늘 여기저기를 헤매고 다니는 리미코에게.

묵은해를 보내는 메밀국수를 먹어치우고 텔레비전의 카운트다운 방송을 보며 새해를 맞이한 순간, 슬쩍 리미코의 얼굴을 쳐다보자 그녀도 뭔가 어색한 눈치로 가야노를 보고 있었다. 서로 얼굴을 마주 보며 '새해 복 많이 받으십시오'라는 인사를 하기도 어쩐지 겸연쩍고, 그렇다고 '해피 뉴 이어!'라고 하기도 좀 그렇고, 머리만 굴리며 머뭇머뭇하고 있으려니 리미코가 먼저 "새해 복!"이라고 자포자기하듯이 말해버리는지라, 가야노도 그대로 따라서 "새해 복!"이라고 대꾸해주었다.

새해 첫날, 떡국을 챙겨 먹고 첫 참배를 다녀와 다시 설음식을 먹고, 초이튿날에는 백화점 첫 판매 행사를 둘러보고 와서 다시 먹고 마시고, 텔레비전 설 특선 프로그램을 이리저리 돌려 보면서 뒹굴뒹굴하는 사이에 초사흘이 지나고 다시 평소의 일상으로 돌아갔다……라고 할 예정이었는데, 그 뒤에도 왠지 리미코는 미적미적 방바닥에 찰싹 달라붙은 채 도통 저희 집에 갈 기미를 보이지 않았다.

"너, 집에 언제 가려고 그러냐?"

마침내 견디다 못한 가야노가 물어보았다.

"나, 다케오하고 헤어졌어. 그래서 갈 데도 없고, 잠시만 여기 있게 해줘."

리미코는 별일도 아니라는 듯이 말하고는 뜨듯한 난방에 지르르 녹아가는 초콜릿을 입에 쏙 넣었다.

리미코는 애당초 이런 아이인 것이다.

달걀을 사러 급하게 뛰어나가는 바람에 쓰레기봉투를 들고 나간다는 걸 깜빡 잊어버렸다. 아무리 집 안이 난장판이 되더라도 쓰레기를 지정된 날짜에 내놓는 것만은 마지막 성채처럼 지켜왔는데.

"이것도 다 리미코 때문이야" 하고 툴툴거리며 병원에 출근해 탈의실에서 유니폼으로 갈아입으려고 코트를 벗고 있으려니 동료 오치아이 씨가 말했다.

"가야노 씨, 거기 가슴팍에 뭐 묻었는데?"

아차 싶어서 카디건의 가슴팍을 바라보니 누르스름한 덩어리가 딱딱해진 채 들러붙어 있었다.

"그거, 달걀이지? 지우려면 꽤 힘들겠다."

오치아이 씨가 딱하다는 듯이 웃었다. 엄청난 수치감에 가야노는 얼굴이 화끈거렸다.

이것도 모두 다 리미코 때문이다. 오늘은 무슨 일이 있어도 내 집에서 나가라고 말해야지. 부글부글 끓는 속을 달래며 카운터에서 외래 접수를 하고 있는데 하얀 다운재킷을 입은 화려한 여자가 정면 현관으로 들어오는 게 보였다. 이쪽으로 한 걸음씩 다가올 때마다 여자의 허리며 팔이며 목에 달린 액세서리가 잘그랑거리는 소리로 조용한 로비가 울렸다.

"에헤헤, 가야노 언니."

접수 카운터 앞에서 여자는 악동 같은 얼굴로 샐샐 웃으며 고개를 쓰윽 내밀었다. 바로 옆에서 작업하던 오치아이 씨의 목이 저절로 움츠러들었다. 에휴, 이 악동, 최대한 빨리 처리해버리는 수밖에 없다.

"응, 어서 와. 오늘 검진이야? 벌써 한 달이 지났네?"

잔뜩 굳은 웃음으로 가야노는 그녀에게 인사를 건넸다.

"어머머, 가야노 언니, 지난번에 왔을 때도 똑같은 말을 했는데."

요란하게 몸을 뒤로 젖히며 요시무라 유이는 까하하하 웃

요시카와 도리코

었다. 항상 그렇듯이 분위기 파악에 젬병인 아이다. 임신 6개월째치고는 아직 배가 그다지 눈에 띄지 않았다. 임신부라는 자각도 없는지 다운재킷 안에 얇은 니트와 골반 바지를 입고 있어서 맨살이 슬쩍슬쩍 보였다.

요시무라 유이는 무수히 많은 리미코의 친구 중 한 명으로, 이 근처에서는 제법 이름이 알려진 레게 댄서다. 언젠가 리미코에게 반강제로 끌려간 클럽에서 그녀의 무대를 본 적이 있었다. 레게 댄스가 어떤 것인지 전혀 알지 못했던 가야노는 유이의 댄스를 바로 코앞에서 보고는 간담이 서늘해졌다. 에로틱 댄스. 졸지에 머릿속에 떠오른 단어였다. 대담하게 허리를 흔들어대는 유이를 올려다보며 어안이 벙벙해진 가야노 옆에서 리미코는 잔뜩 흥분해 부르짖었다.

"역시 유이, 분위기 끝내주잖아!"

작년 가을, 분위기 끝내준다는 그 레게 댄서가 임신을 계기로 은퇴하면서 리미코의 옛 남자 친구 다케오가 소속된 레게 그룹(이라고 말할 때마다 리미코가 "그룹이란 말 좀 하지 마, 사운드 크루라고 해"라며 지적질을 하는 게 영 못마땅해서 가야노는 고집스럽게 '레게 그룹'이라고 부른다)의 멤버 한 사람과 혼인 신고를 했다.

"아이힝, 미치겠어. 여름 야외 이벤트 때 열나게 놀다가 텐트 안에서 난리를 쳤더니만 착상着床이 되어버렸지 뭐야."

초진 날, 접수처에 찾아온 유이가 그렇게 떠들면서 까하하하 웃는 바람에 그 자리에 있던 모든 사람들의 빈축을 샀다. 그 이래로 다들 떨떠름해하는데도 전혀 아랑곳하지 않고 한 달에 한 번씩 임신부 정기 검진을 받으러 온다.

"임신부니까 배를 차게 하면 안 되지. 이런 한겨울에."

허리 근처를 가리키며 가야노가 나무라자 유이는 "어머, 그러고 보니, 가야노 언니" 하고 금세 화제를 바꾸었다.

"요즘 리미코하고 만난 적 있어? 다케오랑 헤어진 뒤로 연락 두절이라서 걱정하던 참인데."

"리미코? 걔, 우리 집에 있는데?"

"어머머, 그으래?"

한순간 묘한 침묵 끝에 유이는 주위를 둘레둘레 살펴보았다. "저기, 이건 절대 아무한테도 말하지 말라고 한 건데" 하고 은근히 서두를 떼더니 작은 소리로 속닥거리기 시작했다.

"지난 연말이었나, 아니면 그보다 한참 전이었나, 리미코가 생리가 없다고 나한테 상의하러 왔더라고. 그래서 내가, 어머, 진짜니, 착상해버린 거니, 어머, 어떡해, 옴팡 뒤집어쓰게 생겼네, 대충대충 좀 넘어갈 것이지, 하고 웃어넘기기는 했는데, 그래도 일단 검사는 받아보라고 말해줬지. 근데 갑자기 다케

오하고 헤어지고 행방불명이 된 거야. 다케오한테 물어보긴
했는데 자기도 리미코가 왜 그러는지 모르겠다는 식으로 말
해서, 이게 대체 무슨 일인지 내내 걱정했었거든. 그래서 말인
데, 언니, 리미코 어떻게 됐어?"

보험증을 내밀고 유이가 가야노를 들여다보며 물었다.

"어떻게 됐느냐니, 글쎄……."

가야노는 머리가 멍해진 채, 반짝반짝 번들번들해서 자칫
하면 여장 남자로 착각할 것 같은 유이의 두툼한 화장을 마주
보며 말했다.

"아무튼 유이, 너는 복대를 하고 다녀야 해. 요즘 티타늄 복
대니 뭐니, 상품이 다양하게 나와 있으니까."

바보처럼 복대, 티타늄, 배를 차게 하면 안 된다, 라는 말만
되풀이했다.

대체 어떻게 된 일인가. 우선은 리미코에게 진위를 캐물어
야 한다. 그다음에는 어떻게 해야 하나. 혹시 만에 하나라도
'착상'해버렸다면, 현재 몇 개월째인지, 대체 어쩔 작정인지,
아버지는 누구인지…… 아니다, 우선은 진짜로 임신을 했는
지, 그것부터 확인하는 게 선결 과제다.

그렇게 뒤죽박죽 두서없는 고민에 빠진 채 집으로 돌아가

자 현관에 오늘 아침 밟고 지나간 모양새 그대로 리미코의 롱부츠가 길게 자빠져 있었다. 바로 그 옆에 지저분하게 때를 탄 캔버스 운동화가 있는 것을 보고 가야노는 숨을 죽였다. 소리 나지 않게 살그머니 현관문을 닫았다. 꽉 닫힌 장지문 너머에서 "얘가 대체 무슨 소리를 하는 건지 모르겠네. 글쎄 내가 낳아도 좋다잖아"라고 느닷없이 핵심을 찌르는 남자 목소리가 흘러나왔다. 리미코의 전 남자 친구, 가난뱅이 레게 뮤지션, 다케오였다.

"뭐야? 너야말로 무슨 소리를 하는지 모르겠다. 난 너한테 굳이 허락받을 이유가 없어. 내가 낳고 싶으면 낳는 거고, 아무한테도 지시 따위 받고 싶지 않아. 내 일은 내가 결정할 거니까 너하고는 아무 관계도 없어. 네가 나를 이러고저러고 할 수 있을 거라고 생각하지 말란 말이야."

지금까지 들어본 적도 없는 우렁찬 리미코의 목소리가 들려오는 바람에 가야노는 화들짝 놀랐다. 뒷손으로 다시 현관문을 열고 일부러 큰 소리를 내며 쾅 닫았다.

"어라, 리미코, 오늘 아르바이트 없었니? 누구 손님 왔어?"

연극이라는 게 뻔히 들여다보일 만큼 환한 목소리로 말하며 가야노는 출퇴근용 검은 구두를 벗고 안으로 들어섰다. 대답이 없었다. 뭐야, 안에 있으면서, 대답 좀 해라, 하고 중얼거

요시카와 도리코

리며 장지문을 열었다. 먼지투성이의 바닥에 책상다리를 틀고 앉아 있던 다케오가 "아, 어서 오십쇼. 저 왔습니다"라면서 돌아보았다. 니트 모자에 덥수룩한 턱수염, 너덜너덜한 긴소매 셔츠에 반소매 셔츠를 겹쳐 입었고, 래스터 컬러(검정, 빨강, 초록, 노랑 4색의 조합―옮긴이)의 팔찌를 몇 줄씩 손목에 둘둘 감고 있었다. 예전과 하나도 변한 게 없는 것 같았지만 약간 마른 것처럼도 보였다. 다케오는 한 번이 아니라 두 번 세 번, 리미코와 함께 공짜 밥을 얻어먹으러 이곳에 찾아온 적이 있었다. 올 때마다 들고 오는 선물은 다케오 자신이 좋아하는 우유 푸딩이었다.

아마도 유이에게서 리미코가 이곳에 있다는 얘기를 들었을 것이다. "이건 절대 아무한테도 말하지 말라고 했는데, 너는 당사자이기도 하고, 아무것도 모르고 있는 게 가엾기도 해서 연락해주는 거야." 병원을 나선 순간, 다운재킷 호주머니에서 라인스톤으로 번쩍번쩍 치장한 휴대전화를 꺼내 그렇게 고해바치는 유이의 모습이 머릿속에 생생하게 떠올랐다. 그 수다쟁이, 바보 레게 댄서라고 내심 욕을 퍼부었지만, 가야노는 여전히 시치미를 뚝 뗀 채로 "어라, 다케오 씨, 웬일이야. 오랜만이네"라고 인사를 건넸다.

"아뇨, 네, 그냥, 잠깐……."

다케오는 말을 어물거리며 흘끔 리미코 쪽을 쳐다보았다. 리미코는 샐쭉하니 돌아앉아 고타쓰에 팔꿈치를 짚고 애먼 방향을 보고 있었다.

뭔가 심상치 않은 분위기를 감지한 가야노는 아하함 하고 큰 소리로 헛기침을 한 뒤, "뭔가 중요한 얘기를 하는 중인 거 같으니까 난 잠깐 나가 있을게. 요 옆의 패밀리레스토랑에 가 있을 테니까 얘기 끝나면 전화해줘" 하고 밀어붙이듯이 말하고는 집을 뛰쳐나왔다.

왜 집주인인 내가 자리를 피해줘야 하는가, 저녁으로 냉동실에 넣어둔 롤 캐비지를 꺼내 먹으려고 했는데 왜 내가 패밀리레스토랑에서 인스턴트 냄새 풍풍 풍기는 음식을 먹어야 한단 말인가, 하고 씩씩거리며 차가운 바람이 몰아치는 밤거리를 걸었다. 하지만 젊은 애들이 북적거리는 패밀리레스토랑에서 햄버거 정식을 먹고 있는 사이에, 가야노는 뭔가 자신의 인생이 도무지 어떻게 해볼 수도 없이 아무 보람도 없는 듯한 허망함을 느꼈다. 철판 위에서 지글지글 소리를 내는 햄버거가 예상 밖으로 맛있었기 때문이다. 가야노가 항상 먹어온, 두부 집 콩비지에 닭고기 다짐육을 넣어 직접 만들었던 수제 햄버거보다 훨씬, 단연, 압도적으로.

한 입, 또 한 입, 햄버거를 베어 먹을 때마다 허망함은 점점

요시카와 도리코

더해갔다. 누군가 정해놓은 룰에 지나치게 사로잡힌 나머지, 뭔가 소중한 것을 놓쳐버린 것은 아닌가 하는 불안감이 엄습했다. 팜보다 하와이 쪽이 레벨이 높다니, 그건 대체 어느 누가 정했는가. 페키니즈보다 미니어처 닥스훈트 쪽이, 프랜차이즈 라면집보다 고집불통 영감님이 근근이 꾸려나가는 수제 라면집이 더 고급이라고 대체 어느 누가 정했단 말인가.

'참 평범하다.'

유리창에 비친 여자의 얼굴을 바라보며 가야노는 생각했다. 이 근처 어디쯤에나 흔하게 널려 있는 평범하고 따분한 여자. 어깨까지 자란 머리카락은 무난한 다크 브라운, 섹시함은 찾아볼 수 없는 수수한 화장, 누구나 다 입고 다니는 디자인의 진한 감색 카디건(단, 가슴팍에 달걀노른자가 말라붙어 있음).

되도록 무난한 것, 어떤 옷에나 맞춰 입을 만한 것. 옷을 고를 때 가야노가 중요시하는 것은 그렇게 '멋'과는 한참 동떨어진 것이었다. 연초의 백화점 후쿠부쿠로(복주머니라는 뜻으로, 연초에 고객에 대한 서비스로 대폭 할인 상품 여러 개를 임의로 넣어 파는 행사─옮긴이)에는 무서워서 손도 내밀지 못한다. 첫 판매 때 미친 듯이 후쿠부쿠로를 사들이고는 "에이, 이런 건 도저히 못 입겠네"라면서 가슴에 레이스가 주렁주렁 달린 쇼

킹핑크색 셔츠를 내두르며 탄식하던 리미코를 가야노는 내심 업신여겼고, 동시에 부러워하기도 했다.

"언니, 미안해."

느려터진 리미코의 목소리가 들려서 가야노는 고개를 들었다. 패밀리레스토랑의 환한 조명 불빛 아래, 진한 화장의 페키니즈 얼굴이 있었다. 뭐야, 페키니즈라도 귀엽기만 하잖아. 기묘한 사랑스러움을 느끼며 가야노는 잠시 리미코의 얼굴을 올려다보았다.

"너, 아무것도 안 먹었지? 얘기는 밥 먹고 나서 하자."

리미코는 망설임 없이 값싼 것만 실린 사이드 메뉴 페이지를 펼쳤다. 닭튀김 단품에 밥을 주문하는 것과 미니 그라탱에 빵을 주문하는 것, 어느 쪽이 더 싼가, 하고 휴대전화의 계산기를 두드리고 있는 모습이 너무도 비참하고 딱해 보여서 "됐어, 내가 사줄 테니까 뭐든 너 먹고 싶은 걸로 주문해"라고 말했더니, 당장 제일로 비싼 설로인 스테이크 세트를 주문했다.

"영양 섭취를 잘해야 돼. 이제 홑몸도 아니니까."

리미코는 천연덕스럽게 말하고는 쳐다보기만 해도 가슴이 메슥거리는 기름 자르르한 설로인 스테이크를 서툰 칼질로 싸악 먹어치웠다.

"언니, 유이한테서 이미 얘기 들었지?"

철판 위에 나이프와 포크를 겹쳐 놓고 리미코는 패밀리레스토랑에 들어와 처음으로 가야노의 얼굴을 똑바로 바라보았다. 가야노는 왠지 당황스러워서 "응, 아이 아빠는 다케오?"라고 뻔한 얘기를 물었다.

"그렇긴 한데, 꼭 그렇진 않아." 리미코가 딱 잘라 말했다. "아니, 걔가 '오카丘 서퍼'잖아."

"오카 서퍼라니, 그게 뭐야?"

"오카 서퍼라는 말, 몰라? 서핑도 안 하면서 얼굴 까맣게 태우고 서퍼처럼 옷 입고 다니는 사람들 말이야."

"난 그런 신조어 알고 싶지도 않아. 아니, 그보다 다케오가 오카 서퍼여서 뭐가 어떻다는 거야?"

"어쩐지 촌스럽잖아."

"뭐?"

"게다가 걔가 워낙 바보 같아서 아기 이름을 '래스터'라느니, 지미 클리프의 이름을 따서 '클리프'라느니, 아무튼 이상한 이름을 붙일 거 같아. 한자로 '羅須多'라고 쓰고 '래스터'라고 읽는 거야, 진짜 센스라고는 눈곱만큼도 없는 엉터리 글자를 갖다 붙여서. 한자에 약한 주제에 낑낑거리며 사전을 찾아서."

콧등에 주름을 잡고, "진짜 그 바보는 못 말려" 하고 내뱉듯이 말하는 리미코를 보며 가야노는 어라라 싶었다. 조금 전

아파트에서 두 사람의 대화를 훔쳐 들었을 때도 느꼈던 위화감이다. 어느 누구의 험담도 하지 않고, 누구에게나 상냥하게 해롱거리는 리미코가 다케오에 대해서만은 뭔가 다른 것이다.

가야노는 지나가던 웨이트리스를 불러 커피를 주문했다. "나도"라고 손을 드는 리미코에게 너는 카페인 마시면 안 된다고 주의를 주었더니 리미코는 투덜투덜, 오렌지 주스를 주문했다.

"지금 다케오가 무슨 일 하는지 알아? 파친코 홍보 아르바이트야. 그런 녀석이 애를 낳아도 괜찮다느니 뭐니 해봤자 그냥 어이가 없는 느낌이랄까. 난 그런 거 사양이야."

"그래도 얘, 지금 레게가 꽤 인기 있잖아. 음악 쪽으로 성공할지도 모르지."

너무도 심하게 비난하는 말투였기 때문에 가야노는 왠지 다케오를 감싸는 듯한 소리를 해버렸다. 평소의 리미코처럼.

"이 나라에서 레게로 밥 먹고 사는 사람은 겨우 손꼽을 정도밖에 안 돼. 한두 번 히트작 내봤자 평생 먹고살 만큼 벌리는 것도 아니고."

어디까지나 리미코는 현실적인 얘기를 하고 있었다. 평소의 가야노처럼.

"그럼 그 돈으로 자메이카에 이주한다든가 새로운 비즈니스를 시작한다든가, 얼마든지 다양한 방법이 있지 않을까?"

"언니도 잘 알잖아. 그 녀석, 재능이 없다니까. 무리야, 무리."

거기서 가야노는 말문이 막혀버렸다.

소속된 레게 그룹에서 DJ(힙합에서는 MC라고 하지만)를 담당하고 있는 다케오는 한때, 어휘를 좀 더 연마해야 한다면서 항상 노트를 들고 다녔다. 가야노와 리미코가 뭔가 말을 할 때마다 이야기를 중단시키면서 "방금 그 레깅스라는 말, 그거 무슨 뜻이야?" 하고 시시콜콜 캐물으며 진지한 표정으로 메모를 하곤 했다. 그러느니 책을 읽어가며 공부하는 게 더 빠르지 않겠느냐고 독서를 권하는 가야노의 말을 가로막으며 리미코는 "언니, 이 세상에는 책을 읽지 못하는 인간이라는 게 존재한다니까"라고 차갑게 내뱉었다. 그러고 잠시 지나서 새 음원이랍시고 일부러 들려주러 왔는데, 다케오 파트의 대부분이 전에 어디선가 들은 듯한 말로만 이어지는 통에 이건 어휘를 연마하기 이전의 문제가 아닌가 하고 가야노는 쓴웃음을 지은 적이 있다.

"그럼 너, 대체 어쩔 작정이야?"

분명 그래서는 음악으로 먹고사는 건 무리일지도 모른다고 생각하면서, 그래도 그런 말은 애써 꾹 참으면서, 가야노가 물었다.

"글쎄, 어떡하지?"

마치 디저트는 뭐로 할까, 라는 투로 리미코가 가볍게 대꾸했다.

"나, 여태까지 누군가에게 기대며 살아왔잖아. 방을 내가 빌려본 적도 없어서 남자 집이나 친구 집이나, 지금은 언니네 집에서 신세를 지며, 내내 그렇게 기생충처럼 살아왔어. 그런 나한테 처음으로 다른 누군가가 기생한 거야. 이건 진짜 가슴이 찡한 일 아냐?"

"기생하다니, 얘, 말투가 그게 뭐야?"

가야노는 그 즉시 미간을 찌푸렸지만, 애초에 리미코를 '기생충'이라고 했던 것은 가야노 자신이었다. 어쩐지 양심에 찔리는 느낌에 빠져 있으려니 웨이트리스가 음료를 내왔다. 산미가 담긴 연한 커피를 말없이 마셨다. 빨대로 오렌지 주스를 빙글빙글 휘젓고 있던 리미코가 문득 창밖으로 시선을 던지며 목멘 소리로 중얼거렸다.

"나, 항상 즐겁게 사는 게 좋다고 생각했어. 지난번처럼 유이가 춤추는 걸 보고, 다케오의 힙합 크루가 연주하는 걸 보고, 술 마시고 아침까지 신 나게 소리 지르고, 그렇게 사는 게 언제까지고 이어지면 좋겠다고 생각했는데, 이제……."

"얘, 리미코."

가야노는 여동생의 이름을 불렀다. 언니로서의 위엄을 담아 단호한 목소리로.

"분명히 말하겠는데, 나는 너보다 인간으로서 뛰어나고 안정된 삶을 살고 있어."

"뭐야, 자랑하는 거야?"

리미코가 의아한 얼굴로 투덜거렸다.

"시끄러, 입 다물고 잘 들어. 너는 분명 일찍 죽을 거야. 첨가물이 듬뿍 든 인스턴트만 먹고, 날마다 게을러빠진 불규칙한 생활을 하다가 이상한 병에 걸리거나 아니면 길바닥에서 객사하게 될 거라고."

"언니, 말이 너무 심하잖아."

리미코가 깔깔깔 웃었다. 무시해버리고 가야노는 말을 이었다.

"하지만 나는 항상 너한테 지고 있는 듯한 기분이 들어. 나보다 엄청 불성실하고 마구잡이로 하고 싶은 거 다 하고 사는 네가 훨씬 더 풍성하고 즐거운 인생을 사는 듯한, 그런 마음이 항상 든다고."

"뭐어? 언니, 대체 무슨 소리야? 승자와 패자, 그런 얘기를 하려고?"

"아, 글쎄 조용히 하고 들어보라니까! 후쿠부쿠로 안에 들어 있는 것에 일희일비해본 적이 없는 인생 따위, 엄청 따분하다, 내 얘기는 그거야."

가야노는 저도 모르게 목소리가 커졌다. 이해력이 떨어지는 리미코에게 살짝 짜증이 나 있었다.

"······뭐야, 대체? 은유隱喩?"

어리둥절한 얼굴로 묻는 리미코를 바라보며 가야노는 이제 정말 안 되겠다고 생각했다. 답답하다. 내 동생 리미코는 왜 이토록 바보일까.

"너란 애는 진짜로 어떻게 해볼 수 없는 바보구나. 어째서 남이 하는 말을 이해하질 못하느냐고. 이젠 나도 몰라. 네가 어떻게 되든 난 모른단 말이야. 어디 길가에서 객사를 하든 말든 네 맘대로 해!"

열화같이 짜증을 내는 가야노에게 리미코는 히이익 비명을 지르며 울먹이는 얼굴로, "미안해, 언니. 내가 바보라서 정말 미안해"라고 다시 한심한 소리로 사과하기 시작했다.

"너희, 세배하러 안 올 셈이냐?" 하고 어머니에게서 왕왕 떠드는 전화가 왔는지라 주말에 리미코와 함께 본가에 내려가기로 했다. 부모님은 아직 리미코가 임신한 것을 모르신다.

"뭐, 마침 좋은 기회랄까. 이곳에 있으면 주위가 와글와글 시끄러워서 괜히 거기에 휩쓸릴 것 같고, 이제 진짜 다케오 잔소리도 듣기 싫고, 일단 집에 내려가서 나 혼자 어떻게 할 지 생각해볼 거야."

아직 본가에서 받아준다고 한 것도 아닌데 리미코는 내려 간 김에 아예 눌러앉을 생각인 모양이었다.

그 뒤로도 리미코와 다케오의 협상은 계속되었다.

"하지만 넌 한자를 전혀 모르잖아."

"글쎄 그게 이것과 무슨 상관이냐고."

"아니, 난 싫다니까. 애 아빠가 오카 서퍼라니."

"그래, 좋아, 그렇다면 내가 진짜로 서핑 시작할게. 그러면 되지?"

"진짜로 서핑을 시작해봤자 너는 원래 성품이 오카 서퍼라 서 별수 없어."

하지만 이런 식으로 전혀 결말이 나지 않는 눈치였다.

"리미코, 네가 선물 좀 사 와. 엄마 환심 좀 사야지. 상식적 인 선물, 제대로 된 선물, 케이크 같은 걸로 준비해."

금요일 아침, 아직 이불 속에서 꾸물거리는 리미코에게 그 런 말을 남기고 가야노는 집을 나섰다. 정시에 일을 마무리하 고 서둘러 터미널로 향했다. 약속 장소에 리미코가 편의점 비닐 봉투를 들고 말뚝처럼 멀거니 서 있는 모습을 보자마자 가야노는 뭔가 불길한 예감이 들었다. 아니나 다를까, 편의점 봉투 안에는 플라스틱 용기의, 두 조각에 360엔짜리 초콜릿 케이크 두 개가 들어 있었다.

"아니, 난 유명한 제과점 케이크보다 편의점 것이 더 맛있단 말이야."

"물론 알지, 그 싸구려 같은 맛, 이따금 먹고 싶기도 해. 나도 그건 잘 알지만, 얘, 리미코, 그래도……."

백화점 지하에도 이것저것 다양한 케이크가 있건만 왜 하필 여기 편의점에 와서, 라고 말하려다가 가야노는 그만 입을 다물어버렸다. 리미코에게 그런 말을 하는 게 엄청 '촌스러운' 일로 생각되었기 때문이다.

"그래, 너의 그런 점, 진심으로 존경스럽다."

리미코의 차표까지 사 들고, 둘은 전차에 올랐다.

리미코의 몸에 일어난 변화에 부모님은 어떤 반응을 보일까. 우실까. 화를 내실까. 마구 날뛰실까. 아니면—.

전차에 흔들리며 소중한 물건처럼 케이크를 안고 있는 리미코를 바라보는 사이, 가야노는 어떤 예감 같은 것이 머릿속에 스쳤다. 너덜너덜한 루이비통(가짜) 보스턴백을 들고, 그야말로 동정심을 불러일으킬 만큼 궁상맞은 차림새의 리미코와 엇비슷한 차림새의 리미코를 꼭 닮은 조그마한 어린아이가 가야노의 원룸 현관문 앞에 멍하니 서 있다. 둘은 엄청 배가 고프고, 한 조각의 초콜릿을 사탕처럼 입안에서 살금살금 녹이며 그 배고픔을 달래고 있다. "가야노 이모, 왜 이렇게 안 와?" 어린아이가 리미코를 올려다보며 말을 건넨다. "응, 조금만 더 기다려. 우리, 가야노 이모 오면 불고기 사달라고 하자"라고 리미코가 웃음을 건네면 아이도 "고기, 고기" 하면서 웃는다. 어떤 상황에서도 이 엄마와 아이는 뻔뻔스럽게, 염치도 좋게, 씩씩하게 웃는다―. 그런 미래의 비전이 바로 눈앞에 펼쳐져 있는 것처럼 선명하게 떠올라서 가야노는 오싹했다. 아직 결혼도 하지 않은 처지에 한꺼번에 혹 덩어리가―게다가 큼직한 혹 덩어리와 조그만 혹 덩어리가 더블로― 등에 찰싹 붙은 듯한 충격이었다.

창밖, 밤의 빛깔로 물든 마을 풍경이 흘러가는 것을 바라보며 가야노는 생각했다. 양명주養命酒를 사자, 고향 역에 도착하는 대로 가장 먼저 선물 대신 양명주를, 이라고 핼쑥해진 얼굴로 생각했다. 일이 이렇게 된 이상, 뭐가 어찌 됐건 아버지 어머니는 기필코 오래도록 살아주셔야 한다. 그래주시지 않으면 나는 진짜 난처해진다.

그리고 언젠가 모두 함께 하와이에 가자. 아버지 어머니와 리미코와 래스터인지 클리프인지는 모르겠으나 머지않아 태어날 리미코의 아이와, 아직 못 만난 미래의 내 남편과.

그리고 멋지게 셀아웃에 성공한 다케오가 홍백가합전 무대에서 노래하는 것을 하와이 호텔의 위성방송으로 지켜보는 것이다.

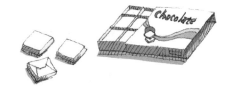

어른이 되기 위해
묻어둔 기억들

사람이 사람을 좋아하는 일에 대해 다양한 모색을 거듭해 온 인기 여류 작가 6인의 단편 모음집이다. 일본에서도 손꼽히는 작가들의 작품을 한자리에서 볼 수 있는 좋은 기회가 아닐까 싶다. 신초샤는 수많은 작가 군단을 보유한 대형 출판사이기에 역시 작가를 선정하는 데 있어서도, 일관된 소재를 통해 그 개성을 드러내게 한 방식에서도, 매우 효과적인 결과물을 우리 앞에 내보였다. 각 작품을 간단히 살펴보고, 작가에 대해 약간의 뒷이야기를 해본다.

이노우에 아레노
「전화벨이 울리면」

*

대학생인 '나'는 연상의 그녀가 자신을 유혹한 건 뭔가 부탁할 게 있기 때문이라는 것을 처음부터 알고 있었다. 사랑 따위, 애초에 없었다. 그런데도 전화벨이 울리면 젊은 그는 불륜의 늪으로 내달린다. 기성세대가 품고 있는 어둠의 세계에 본능적으로 뒤흔들리는 청춘의 갈등을 절묘하게 묘사해낸 수작이다. 젊고 풋풋한 연인과의 사랑과 극명하게 대비되면서 어둠의 매혹은 더욱더 쓸쓸하게 강조된다.

작가 이노우에 아레노는 1961년 도쿄 출생으로, 세이케이대학 영미문학과를 졸업했다. 1989년에 『나의 누레예프』로 제1회 페미나상을 수상하면서 문단에 데뷔했지만 한동안 소설을 쓸 수 없는 상태에 빠졌다. 그림책 번역 등을 거쳐 2001년에 『이제 끝을 거야』로 재기했다. 2004년 『준이치』로 제11회 시마세 연애문학상, 2008년 『채굴장으로』 제139회 나오키상을 수상하고, 2011년 『거기에 가지 마』로 제6회 중앙공론 문예상을 수상하면서 작가로서의 입지를 굳혔다.

이 작가를 말할 때, 아버지와의 일화는 아무래도 빼놓을 수 없다. 소설가였던 아버지 이노우에 미쓰하루는 1926년생으로, 전후 일본 공산당원으로 활동했으나 그 속사정을 밝힌 소설로 지도부에서 제명되고, 이후에는 평생 어떤 정치 당파에도 참여하지 않았다. 포크너 등의 영향을 받아 피폭자, 차별받는 부락, 학도병 등 다양한 사회적 소재를 다차원적이고 전위적인 수법으로 그려내 전후문학의 기수로 떠올랐다. 전후파 중에 드물게도 미국 현대문학의 영향을 받은 작가였다. 암선고를 받으면서 그의 만년을 5년 동안 지켜본 다큐멘터리가 NHK 특집 방송으로 방영되었고, 특히 승려이자 여류 작가로 유명한 세토우치 자쿠초 등이 직접 출연하여 그와의 연애 관계를 증언하기도 했다.

사후에 그의 성장 과정 및 경력 대부분이 허위인 것으로 밝혀졌는데, 자필 연보에 옛 만주 뤼순에서 태어나 네 살 때 귀국, 사세보 탄광에서 일했으며 조선인의 독립을 선동한 죄로 체포되었다고 하였으나 모두 거짓이었다. 딸 이노우에 아레노는 출신지나 체포 등의 경력은 이를테면 '입학하지도 않은 대학에 입학했다'는 거짓말과 전혀 다른 종류의 허위이며, 아버지는 스스로를 소설화했던 것이라는 견해를 밝혔다. 아버지에 대한 소설 『너무한 느낌, 아버지 이노우에 미쓰하루』를 썼는데, 과연 풍운의 소설가 아버지가 그녀의 작품에 어떤 영향을 끼쳤을지 궁금한 대목이다.

에쿠니 가오리
「늦여름 해 질 녘」

*

　연인도 친구도 없이, 그런 것을 갖고 싶다고 생각한 적도 없이, 어린 날의 소녀는 그곳에 분명하게 존재하고 있었다. 늦여름 해 질 녘의 그리운 분위기와 함께, 순수한 소녀 시절의 명백한 존재감은 이미 지나쳐 온 세계의 달콤한 초콜릿 향기로 남았다. 하나의 세계가 상실되고, 그 상실의 두려움에 숨 막히는 사랑의 열기를 선뜻 받아들이지 못하는 마음의 갈등이 담담하면서도 세련되게 펼쳐진다.

　에쿠니 가오리는 1964년 도쿄 출생으로, 아버지는 연예평론가이자 에세이스트, 시인인 에쿠니 시게루다. 메지로학원 여자단기대학 국문과를 졸업하고, 미국 델라웨어대학에 유학했다. 1985년 스무 살이 되던 해에 시작품 『솜사탕』을 처음 투고하여 〈이달의 작품〉에 선정되고, 이후 동화를 발표하면서 작가 생활을 시작했다. 1989년 미국 유학 체험을 소재로 쓴 소설 『409 래드클리프』로 페미나상을 수상했으며, 이해에 첫 단편 소설집 『차가운 밤에』를 간행했다. 『반짝반짝 빛나는』, 『낙하하는 저녁』, 『하느님의 보트』 등의 작품으로 큰 인기를 얻었고, 2004년에 『울 준비는 되어 있다』로 나오키상을 수상했다. 해외 그림책 번역도 다수 있으며, 현재까지 소설, 시, 에세이, 동화책 등의 집필 활동을 꾸준히 해내고 있다. 『낙하하는 저녁』, 『도쿄 타워』, 『마미야 형제』, 『달콤한 작은 거짓말』, 츠지 히토나리와의 공동 집필로 유명한 『냉정과 열정 사이 Rosso』까지 다수의 작품이 영화화된 것으로도 유명하다. 2013년 3월에는 NHK BS 프리미엄에서 『하느님의 보트』를 원작으로 총 3화의 드라마가 제작되었다.

애연가이고 프로야구 한신 팬이라고 한다. 남편은 은행원인데, 에쿠니 가오리가 초콜릿을 매우 좋아해서 결혼할 때 '다른 여자에게는 초콜릿을 선물하지 않는다'는 약속을 받았다는 일화가 있다. 비를 좋아해 어렸을 때는 비가 내리면 어머니와 여동생과 함께 한없이 바라보았다고 한다.

가와카미 히로미
「금과 은」

*

삶의 갈피갈피마다 별스러울 것도 없는, 하지만 영혼의 깊숙한 지점에서 맞닿은 경험을 공유해온 인생의 친구 혹은 연인을 그려낸 매혹적인 이야기다. 선량하고 다정다감한 감수성을 물 흐르듯이 표현해내는 독창적인 솜씨에 감탄할 수밖에 없다. 사랑의 자각은 아무래도 현실감이 부족하고, 오히려 서로의 감수성에 공감하는 기나긴 경험이 더 깊은 사랑이리라. 그래서 사람을 사랑하는 것은 더더욱 무서운 일인지도 모른다.

가와카미 히로미는 1958년 도쿄 출생으로, 다섯 살 때부터 일곱 살 때까지 미국에서 보냈다. 초등학교 때 한 학기 내내 질병으로 누워 있을 무렵 아동문학을 접하면서 독서가가 되었다고 한다. 오차노미즈여자대학 이학부 생물학과에 입학하여 SF 연구회 소속으로 활동했다.

1980년 대학 재학 중에 뉴웨이브 SF 잡지 「계간 NW-SF」에 익명으로 단편 여러 개를 발표하고, 후에 편집자로서 참가했다. 이 잡지가 폐간된 뒤에는 결혼 생활과 육아에 전념하다 1994년에 『어느 멋진 하루(원제: 하느님神様)』를 발표하여 제1회 파스칼 단편문학 신인상을 수상했다. 이어서 1996년에 『뱀을 밟다』로 제115회 아쿠타가와상, 1999년 『어느 멋진 하루』로 제9회 무라사키 시키부 문학상, 2000년 『빠지다』로 제11회 이토 세이 문학상을 수상했다. 중년 여성과 초로의 남성과의 사랑을 담담히 그려낸 『선생님의 가방』은 2001년에 제37회 다니자키 준이치로상을 수상하며 베스트셀러가 되었다.

이 작품은 텔레비전 드라마와 만화로도 만들어졌다. 아쿠타가와상, 다니자키 준이치로상, 미시마 유키오상의 심사위원을 맡기도 했다.

고데마리 루이
「호수의 성인」

*

사랑의 긍정적인 기쁨이 전편에 걸쳐 힘차게 흐르는 작품이다. 젊은 시절의 사소한 갈등으로 인한 이별이 좀 더 강한 사랑의 확신으로 이어지는 결말에 온 세상이 흐뭇해지는 느낌이다. 모험 가득한 방랑 여행은 사랑과 무척 닮은 것인지도 모른다.

고데마리 루이는 1956년 오카야마 출생으로, 도시샤대학 법학부 법률학과를 졸업했다. 출판사, 학원 강사, 프리라이터를 거쳐 1992년에 미국으로 이주했다. 20대부터 30대 중반까지 시를 쓰는 한편, 문예지 신인상에 소설을 거듭 응모하며 작가로서의 실력을 쌓았다. 1993년 미국인 부부의 이혼을 목도한 일본 여성의 심적 갈등을 그린 『옛날이야기』로 제12회 가이엔 신인문학상을 수상했다. 2005년에는 '남자다운 사람'

과의 격렬한 사랑, '착한 사람'과의 슬픈 사랑이라는 두 가지 열애를 속도감 넘치는 문체로 묘사한 『원하는 것은 당신뿐』으로 제12회 시마세 연애문학상을 수상했고, 2006년에는 뉴욕과 도쿄로 헤어진 연인들의 안타까운 마음을 묘사한 『원거리 연애』로 화제를 모았다. 출신지 오카야마를 무대로 어머니와 딸, 결혼과 직장, 고향과 가족 등을 중층적으로 묘사하여 행복과 사랑이란 무엇인지, 나아가 인생이란 무엇인지를 탐색한 『모치즈키 과일가게』, 뉴욕과 도쿄를 오가는 커리어우먼과 남성 도예가가 9.11 사건이나 황혼 이혼 등으로 갈등하면서도 시간의 흐름을 뛰어넘어 순애를 지켜나가는 장대하고도 섬세한 장편 소설 『바다 장미』, 페루 취재를 바탕으로 쓴 『공중도시』까지 의욕적으로 작품을 발표하고 있다.

고양이를 사랑해서 『남자에 관해서는 고양이에게 물어봐』, 『사랑하는 고양이 푸린』, 『고양이 모양을 한 행복』 등의 수필집을 출간하기도 했다. 1996년부터 뉴욕 우드스톡에 거주하고 있으며 숲으로 둘러싸인 생활, 야생 동식물들과의 만남을 더없이 사랑한다. 취미는 버드워칭(들새 관찰), 등산, 조깅. 일주일에 닷새는 약 5킬로미터의 산길을 달린다. 남편이 촬영한 우드스톡 변두리의 사진과 자신의 단편 소설을 결합한 『러브스토리를 찾아서』도 화제작이다.

노나카 히라기
「블루문」

*

사랑에 큰 상처를 입은 사람은 또 다른 사랑이 다가왔을 때, 신중해질 수밖에 없다. 서른둘 나이에 찾아온 새로운 만남, 타인의 영역에 들어서는 데는 용기가 필요했다. 한 달에 두 번 떠오르는 보름달 '블루문'은 좀체 없는 특별한 일이지만, 이제는 어리다고 하기 어려운 나이, 세상살이의 책임감을 감수하면서도 어딘가에 분명코 존재하는 특별한 사랑을 더듬더듬 찾아가는 여성성의 상징이기도 하다.

노나카 히라기는 1964년 니가타 출생으로, 릿쿄대학 법학부를 졸업했다. 그 후 미국 뉴욕에 유학 중이던 1991년에 『요모기 아이스크림』으로 제10회 가이엔 신인문학상을 수상하면서 작가로 데뷔했다. 『앤더슨 가의 며느리』가 미시마 유키오상과 아쿠타가와상 후보작, 『초콜릿 오르가슴』이 아쿠타가와상 후보작, 그리고 『달리아』에 이어 『점핑☆베이비』가 미시마 유키오상 후보작으로 선정되면서 해마다 문단에 그 이름이 오르고 있다.

그녀는 "사랑의 부정적인 측면보다 행복하고 즐거운 측면을 좀 더 클로즈업해서, 남녀 사이의 가슴 두근거리는 순간을 셔터 찬스를 노려 사진을 찍을 때처럼 선명하게 오려내고 싶다. 설령 진흙탕처럼 질척거리는 인간관계를 그린다 해도, 아무리 슬픈 결말이라 해도, 등장인물이 내일을 살아가기 위한 용기만은 잃지 않는 소설, 독자가 잠시나마 행복함을 느낄 수 있는 소설을 쓰고 싶다"고 밝힌 바 있다.

요시카와 도리코
「기생하는 여동생」

*

막힘없이 흘러나오는 이야기 곳곳에 엉뚱 발랄한 재미가 숨어 있다. 상식적인 웰빙 생활을 지향하는 모범생 언니와, 예측 불가능하고 한심한 구제 불능 여동생의 삶의 방식이 해학적으로 펼쳐진다. 언더그라운드의 레게 음악가 묘사가 특히 재미있다.

요시카와 도리코는 1977년 아이치 출생으로, 아이치슈쿠토쿠대학을 졸업하고 현재 나고야를 중심으로 활동하고 있다. 2004년 『잠자는 공주』로 신초샤의 '여자에 의한 여자를 위한 R-18 문학상' 대상과 독자상을 수상했다. 같은 해 단편집 『샤봉』으로 데뷔, 젊은 도시 여성의 감수성을 유쾌하게 포착한 문화 코드와 밝은 문체로 여성 독자의 압도적 지지를 받고 있다. 10대 때부터 글쓰기를 시작했다고 한다. 다이어트와 쇼핑이 취미이고, 롤케이크와 스누피를 좋아한다고.

2006년에 발표한 『굿모 에비앙』은 철없는 미혼모의 딸로 태어났으나 성숙하고 속 깊은 소녀 핫짱의 시각으로 바라본 펑키한 세상을 발랄하게 그려내고 있다. 도카이 텔레비전에서 이 작품을 원작으로 한 드라마가 제작 방영되었다. 『전장의 걸즈 라이프』는 평범한 서점 직원 다마코에게 나고야의 세 친구—명랑 발랄하나 특이한 옷만 보면 미쳐버리는 모델 친구, 섹시함이 넘치는데도 남자에게 번번이 당하는 호스티스 친구, 너무나 아름다운 용모인데도 특이한 취향에 욕을 입에 달고 사는 공장 노동자 친구—가 찾아오면서 펼쳐지는 좌충우돌 사건 사고를 유쾌하게 그려내고 있다. 아르바이트, 쇼핑, 연애, 장래의 고민까지, 개성 강하고 사랑스러운 20대 여성들의 거침없는 수다 같은 문장으로 요즘 세대의 사랑과 미래에 대한 꿈을 보여준다. 이 작품도 BS 후지 텔레비전에서 드라마로 방영되었다.

누구에게나 어른으로 성장하기 위해 가슴속에 묻어두어야 했던 청춘의 기억들이 있다. 아무도 몰래 숨겨두었으나 삶의 갈피마다 문득문득 떠올라 감성의 가장 약한 부분을 건드리며 이미 어른이 되었을 터인 우리를 난처하게 만드는 기억들. 초콜릿의 달콤 쌉싸래한 향기를 중심으로 그 기억의 파편들을 조심스럽게 되짚어 본다. 예전에 경험한 불완전한 추억이 지금의 우리를 완벽하게 만들어주는 달콤한 여섯 편의 이야기다.

여섯 명의 작가를 한 사람의 번역자가 옮겨내기란 쉬운 일이 아니었다. 그래도 마음속으로는 '한 사람이 아니라 여섯 명이 번역한 것처럼'이라는 캐치프레이즈를 휘날리며 작업했다. 초콜릿 향기를 풍기는 여섯 개의 변주곡을 마음껏 즐겨주시길 바란다.

양윤옥